BIBLIOTHÈQUE DE LA JEUNESSE

LE FANTÔME VERT

PAR PAUL VINCENT

LIBRAIRIE HACHETTE

BIBLIOTHÈQUE BLEUE

Agraives (J. d') et **Grancher** (M.-E.) : *Mirage d'Asie.*

Armagnac (Mlle d') : *La Carrière d'Alexis Iourouskine.*

Cervières (Paul) : *Terre d'exil.*
Ouvrage couronné par l'Académie française.

Colomb (Mme) : *L'Héritière de Vauclain.*

Corthis (André) : *Les Rameaux rouges.*

Daudet (Ernest) : *Robert Darnetal.*

Dourliac (H.-A.) : *Méprises du Cœur.*

Fleuriot (Mlle Zénaïde) : *Raoul Daubry.*
— *Mandarine.*
— *Tombée du nid.*

Garreau (L.) : *L'Héritière de la Benauge.*

Kérouan (Jean) : *La Fortune de Chienfou.*

Maël (Pierre) : *Poucette.*

Marcel-Denis et **Francelois** : *Permis de conduire.*

Nanteuil (Mme de) : *En Esclavage.*
— *L'Epave mystérieuse.*

Renard (Mme Georges) : *La Montagne aux Neiges éternelles.*
Ouvrage couronné par l'Académie française.
— *Les Albatros.*

Rousseau (Mlle) : *Le Médaillon antique.*

Toudouze (G.) : *Le Reboutou.*

Vincent (Paul) : *Antoinette de Brivière.*

" LES GRANDES AVENTURES "

Jean d'Agraives	L'AVIATEUR DE BONAPARTE
—	LE CORSAIRE BORGNE
—	LES AILES DE L'AIGLE
—	LE SORCIER DE LA MER
—	LE DERNIER PIRATE
J. Crévelier	LE SECRET DE L'ONCLE BAPTISTE
C. Ivans	LE MYSTÈRE DE LA FORÊT
Jean Kérouan	LES CHASSEURS DE COMÈTES
George Marsh	LES ENFANTS DE LA NEIGE
N. Sevestre	EN SURVOLANT L'ATLANTIQUE

LE FANTÔME VERT

LE FANTÔME VERT

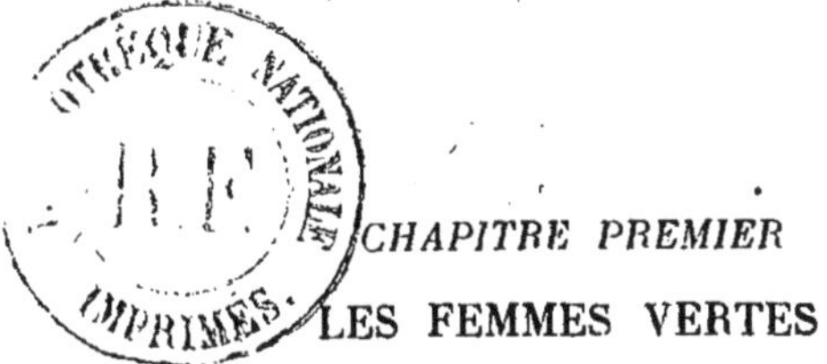

CHAPITRE PREMIER

LES FEMMES VERTES

« Tu as beau te moquer de moi, blanc bec de moussaillon de péniche, ce n'est pas encore toi qui me prouveras que j'ai tort et que nos ancêtres avaient tort, qu'eux et moi avons eu la berlue, que ce qu'ils ont vu, que ce que je te dis avoir, de mes yeux, vu, tout cela n'est que de l'imagination et que les vieux Ecossais, morts ou encore vivants, n'étaient que des idiots et des fous.

— Là, là, père Mac Culloden, répondit un jeune marin, à Dieu ne plaise que je veuille me moquer de vous et de nos ancêtres, car je suis Ecossais tout autant que vous. Je ne suis pas un marin d'eau douce, quoi que vous en disiez, et j'ai bourlingué ma carcasse, si jeune soit-elle, à travers tous les océans. »

Le vieux pêcheur frappa le bord de la table avec sa pipe pour en faire tomber les cendres et, méthodiquement, remplit le fourneau de tabac.

Cette discussion se passait dans la grande salle d'une auberge où se trouvaient réunies une trentaine de personnes, des pêcheurs ou des ramasseuses de varech, qui s'étaient tues pour écouter la discussion du vieux marin avec le jeune matelot.

« Non, dit en bougonnant Mac Culloden, j'aime mieux me taire. Tu te moquerais encore de moi, John, et je ne suis pas endurant. En outre, cela ne ferait pas du tout plaisir au patron qui, pour son arrivée ici, nous a conviés à cette réunion. »

Le patron qui se trouvait derrière son comptoir dit au pêcheur :

« Mais, au contraire, Mr. Mac Culloden, je suis nouveau dans le pays, avec mon vieux Smith qui est venu m'aider, et je serais content de savoir un peu ce qui se passe.

— Peut-être regretterez-vous d'insister, maître Mac Pherson, car l'histoire que je vais raconter s'est passée ici, dans l'auberge du Cheval-Blanc, et je frissonne encore, quand j'y songe.

— Non, non, ne craignez rien, dit Mac Pherson, en haussant les épaules, allez-y de votre histoire, Smith et moi, nous avons déjà, dans notre existence, affronté bien des périls terribles pour avoir peur d'une chose passée.

— Peut-être ne direz-vous pas cela tout à l'heure, mais, puisque vous y tenez, voici ce qui m'est arrivé.

— Smith, dit Mac Pherson, verse à nos aimables hôtes et hôtesses un nouveau verre d'ale et aie soin de remplir celui de Mr. Mac Culloden chaque fois qu'il sera vide.

— Or donc, dit Mac Culloden, de sa voix enrouée, personne ici n'ira dire que le vieux Mac Culloden a peur et qu'il est le dernier à accourir pour parer le bateau de sauvetage et s'en aller chercher les naufragés ; quel est celui qui l'a vu perdre la tête dans le danger et ne pas savoir, dans la tempête, ordonner la manœuvre ?

— C'est vrai, dit un pêcheur, tu en remontrerais au meilleur pilote du Royaume-Uni.

— Eh bien! dit le matelot, une fois dans ma vie, j'ai eu peur et j'ai perdu la tramontane.

— Pas possible! dit Smith qui, la cruche à la main, remplit le verre de l'orateur.

— C'est comme je vous le dis, et ce qui m'a fait perdre la tête à ne plus savoir que faire, c'est un fantôme, une apparition fantastique, diabolique, dans cette auberge même!

— Vraiment? dit Mac Pherson, elle a cependant l'air bien calme, mon auberge.

— Certainement et c'est justement pour cela que les fantômes y viennent. Jamais on ne les voit là où il y a des foules; il y a trop de lumière.

— Alors, ce soir, ils ne viendront pas ici, dit en riant le jeune marin, jamais l'auberge du Cheval-Blanc n'a eu à la fois autant de visiteurs.

— En ce cas, dit Mac Pherson, j'espère que, pour que mon auberge ne reste pas une maison hantée, mes hôtes de ce soir viendront souvent me visiter et leur présence me sera bien plus agréable que celle des fantômes.

— Vous ne me croyez pas, dit en bougonnant le pêcheur, eh bien! vous ne saurez rien.

— Ne vous fâchez pas, Mr. Mac Culloden, racontez-nous ce que vous avez vu et, comme nous savons que vous êtes un homme courageux et de bon sens, nous ne mettrons pas certainement en doute ce que vous nous affirmerez.

— Oui, j'affirme, dit énergiquement Mac Culloden, qu'il y a cinq ans, tenez, c'était quelques jours avant la mort de lord Kitchener, pendant la guerre. C'était un soir, vers neuf heures, l'auberge était vide, il n'y avait que moi et Brown, le patron; il faisait un froid du diable et j'hésitais à rentrer chez moi pour trouver la maison vide et sans feu, car j'avais perdu ma femme quelques mois avant ; alors, Brown, un vieux camarade, un vieil ami, me dit :

« Pourquoi ne restes-tu pas coucher ici? l'auberge a assez de chambres, il n'y a pas de voyageurs pour les occuper, nous allons passer quelques heures ensemble, nous nous distrairons en nous rappelant nos farces de jeunesse. »

J'acceptai sans façon et nous vidâmes quelques cruches de bière. Brown me conduisit dans une chambre, près de la sienne. Cette chambre est dans une des deux vieilles tours qui sont aux extrémités des bâtiments. Il me fallut passer dans la chambre de Brown pour aller dans la mienne, qui est contiguë. Nous nous couchâmes tous les deux et, pendant quelques minutes, nous causâmes, Brown ayant laissé la porte ouverte pour que nous puissions nous entendre. Il éteignit sa lampe et j'en fis autant, mais, n'ayant pas d'allumettes, j'eus soin de mettre ma petite lampe électrique sous mon traversin et m'endormis. Combien de temps dura mon sommeil ? je n'en sais rien, mais, au milieu de la nuit, j'ouvris les yeux et j'entendis nettement dans la pièce comme un léger frôlement. Croyant que c'était mon camarade qui se levait, je lui dis :

« C'est toi, Brown ? »

Pas de réponse. J'écoutai et j'entendis son ronflement. Pensant m'être trompé, je me retournai pour me rendormir, mais je ne le pouvais et mes yeux restaient ouverts; la nuit était tout à fait noire; par la baie qui avait été ouverte dans l'épaisseur des vieux murs, quelques étoiles scintillaient. Il me parut tout à coup que, dans l'embrasure, une ombre se dessinait. Décidément, il y avait quelqu'un; je pris ma lampe et j'envoyai un rayon de lumière. Ah ! mes amis, qu'est-ce que je vis? j'en suis encore tout éberlué : une femme toute verte ! sauf la figure qui était rose et belle comme celle d'une sirène, avec des cheveux d'or ; ses yeux, comme des turquoises, brillaient à la lueur de ma lampe. Elle poussa un cri, je me levai; elle fit un geste, un bruit sec, et toute la chambre se remplit d'une fumée âcre, au milieu de laquelle je la vis disparaître et comme s'enfoncer dans le mur. Je demeurai comme un idiot, sans faire un geste et tout tremblant de peur. C'est la femme verte, me disais-je, quelqu'un de cette maison va mourir, Brown ou moi, car, tout le monde sait en Ecosse, quand on voit cette apparition, c'est signe de mort... Mais comment le fantôme avait-il disparu ?

La fenêtre était fermée, les vitres intactes, pas d'ouverture autre que la chambre de Brown. J'ai été la voir, elle était fermée à clef et au verrou. Elle a disparu parce que c'était un fantôme.

— Mais vous n'êtes pas mort ! dit Mac Pherson.

— Non, mais, trois jours après, Brown mourait subitement. »

Mac Pherson se tut un instant, son front se plissa et il sembla réfléchir.

« Ce Brown est donc mort il y a cinq ans, mais il a eu un successeur qui m'a précédé.

— Oui, mais jusqu'à la fin de la guerre, personne n'a voulu acheter le fonds. Ce pauvre garçon aurait mieux fait de rester tranquille; là encore, la femme verte est apparue et une mort s'en est suivie.

— Vous avez revu l'apparition ?

— Non, pas moi, mais ce malheureux Willy. Il me l'a raconté la veille de sa mort. Il regardait, la nuit, le château de Mr. Trevensdale, lorsqu'il aperçut, en haut de l'ancien donjon, éclairée par les rayons de lune, une forme verte aux cheveux blonds. Il n'était pas du pays, ce pauvre Willy. Je ne lui ai rien dit pour ne pas l'effrayer. Le lendemain, il mourait.

— Il n'était pas malade avant?

— Non, il est mort subitement, comme Brown. Du coup, la police s'est inquiétée. On a ouvert le corps, on a fait une enquête, on n'a rien trouvé. Mac Pherson, méfiez-vous de la femme verte.

— Merci, Mr. Mac Culloden, je m'en méfierai; d'abord, il faut toujours se tenir en garde contre les femmes, même quand elles ne sont pas vertes. »

Mac Pherson dit ces mots avec un tel accent de tristesse que tous comprirent que le jeune Ecossais avait dû avoir des déceptions, et les ramasseuses de varech, dont quelques-unes étaient toutes jeunes, lui lancèrent des regards d'intérêt qu'il n'aperçut même pas.

Mac Culloden reprit :

« Celle-là et ses sœurs, car elle n'est pas seule, vont rôdant par toute l'Ecosse, dans les forêts, dans les bruyères, séduisant les jeunes gens candides et faibles et les conduisant à leur perte.

— Il faut bien le dire, dit un pêcheur, elles apparaissent bien plus rarement maintenant.

— Rarement! Qu'est-ce qu'il te faut, alors ? Mr. Trevensdale, le propriétaire du château, n'a pu l'acheter que parce que le fils du lord était mort à la suite de l'apparition de la dame verte, et, à chaque instant, dans les flots, on voit des lueurs vertes qui circulent : ce sont les fantômes qui vont à la recherche des matelots péris en mer. Toi, Douglas, qui es à bord du yacht de Mr. Trevensdale, tu as dû les voir, ces feux verts sous-marins?

— Je ne me le rappelle pas, répondit le marin du yacht.

— Moi, je les ai vus, et pas une fois, mais sur mer, sous les flots, sur terre, les femmes vertes sont partout où elles veulent se montrer. Peut-être, en sortant d'ici, allons-nous les rencontrer, et malheur à nous si nous les voyons. »

Les pêcheurs, leurs femmes et leurs filles faisaient leurs préparatifs de départ et toute la bande sortit de l'auberge et se répandit sur la route. La gaieté avait disparu sous l'influence de ces contes étranges.

Un son strident de sirène d'automobile fit retourner et se garer les pêcheurs. Une voiture passa, rapide, dans l'obscurité. C'était une limousine, éclairée à l'intérieur par une petite ampoule. Deux femmes, enveloppées de mantilles et de manteaux vert jade, s'y tenaient immobiles.

« Oh! les femmes vertes! s'écria le vieux pêcheur, le malheur est sur nous! »

CHAPITRE II

LE CHATELAIN D'ERIBOL ET SES VISITEUSES

La voiture automobile dont les voyageuses avaient provoqué la terreur du brave Mac Culloden ne s'éloigna pas beaucoup de l'auberge du Cheval-Blanc. A peu de distance de l'hôtellerie, elle franchit une poterne flanquée de deux vieilles tours qui se profilaient confusément dans la nuit. Elle suivit ensuite un chemin en lacets qui montait dans une haute futaie. Les phares éclairaient d'une lumière crue les troncs d'arbre, leur donnant un relief extraordinaire sur le fond sombre de la verdure des sapins. Des échappées permettaient d'apercevoir la mer qui semblait d'argent sous les rayons de la lune. Le château n'apparut aux yeux des voyageuses que quand la voiture atteignit la plateforme sur laquelle il était bâti. Dans la nuit, la façade paraissait démesurée. Aussitôt après l'appel de la trompe, sur un perron monumental, recouvert d'une vaste marquise, des lampadaires s'illuminèrent, faisant autour d'eux une zone de lumière éblouissante. La voiture s'arrêta, les deux femmes en sortirent et montèrent les degrés qui conduisaient à la porte d'entrée.

Elles n'étaient pas arrivées au seuil qu'apparut un homme d'une soixantaine d'années, petit, les yeux cachés derrière de grosses lunettes d'écaille, les cheveux rares ramenés sur le sommet de la tête pour cacher une calvitie plus qu'apparente. Il s'inclina devant les visiteuses d'un air de courtoisie obséquieuse :

« Soyez la bienvenue, comtesse, dit-il à la première des deux dames. Veuillez entrer et considérer ma demeure comme la vôtre.

Vous devez être fatiguée ; votre chambre vous attend, ainsi que celle de Mademoiselle, votre secrétaire sans doute?

— Oui, Mr. Trevensdale, miss Bruce est ma secrétaire et ma collaboratrice », répondit la comtesse, pendant qu'un serviteur lui enlevait son manteau. Les deux femmes entrèrent dans un vaste hall dont les proportions, l'étrangeté et la somptuosité frappèrent d'étonnement la jeune fille qui accompagnait la comtesse. Celle-ci devait déjà connaître le château, car elle se dirigea sans hésitation vers une colossale cheminée où flambaient de non moins colossales bûches de chêne, elle s'assit dans un large fauteuil placé devant l'âtre et reprit :

« Oui, miss Jennie Bruce m'est absolument indispensable et je vous prie de vouloir bien lui donner une chambre assez proche de la mienne pour pouvoir l'appeler au besoin.

— J'ai fait ainsi, chère comtesse, dit Trevensdale, je vous ai logées toutes deux dans le vieux donjon; vous occupez la même chambre que d'habitude et miss Bruce a la chambre qui donne sur le devant du château. Rassurez-vous, miss Jennie, dit-il en se tournant vers la jeune fille qui se tenait droite, impassible, le donjon est très confortable ; il n'est pas hanté, quoi qu'en disent les superstitieux Ecossais, et je pense que vous n'avez pas peur des revenants.

— Non, monsieur, dit d'une voix claire la jeune secrétaire, je trouve les vivants beaucoup plus dangereux que les morts.

— Eh bien! ici, vous pourrez dormir sans crainte, les murs du donjon sont d'une épaisseur telle qu'ils défient les efforts des vivants et votre porte est bien verrouillée. »

Se tournant vers la comtesse :

« Je pense que vous désirez remettre à demain les affaires sérieuses et que vous voulez vous reposer.

— Je ne suis pas fatiguée, Mr. Trevensdale.

— Toujours alerte, comtesse, toujours jeune, dit le vieux châtelain, comme avec une ironie dans la voix.

— Jeune par les forces, peut-être, mais

qu'ai-je fait, hélas! de ma beauté et de ma fraîcheur? »

Par l'allure, la comtesse présentait, en effet, toutes les apparences de la jeunesse. Grande, bien faite, ni grosse ni maigre, on lui aurait donné trente ans vue de dos, mais quand on apercevait son visage pâle, d'un jaune d'ivoire, avec une multitude de petites rides qui crevassaient la peau et ses cheveux gris, qui dépassaient les bords de son chapeau, on ne pouvait guère lui donner moins de soixante-dix ans, malgré ses yeux bleus, étrangement vifs et jeunes dans ces traits ravagés.

La comtesse était Suédoise, veuve du comte de Swedenborghen. Elle avait continué de s'occuper des affaires nombreuses qui étaient restées en suspens par la mort de son mari. Quelles étaient ces affaires? Il était difficile de s'en rendre compte, par suite même de leur variété. Ce qu'on pouvait dire, c'est qu'elles avaient permis à la comtesse d'avoir des relations très étendues, dans tous les mondes, aristocratique, financier, industriel, politique et même militaire. Dans son appartement de Londres, elle recevait souvent et ses réceptions étaient très courues. Elle avait fait son apparition à la fin de 1915 et, par suite de recommandations, de son intrigue, de son accueil aimable, elle avait obtenu un grand succès, et le monde si fermé de l'aristocratie anglaise l'avait même adoptée, de telle sorte que le high life, la gentry, les parvenus même se coudoyaient dans ses salons, chose inouïe, et ne se faisaient pas trop mauvaise figure.

De temps en temps, elle allait se reposer en Ecosse, dans le château de Mr. Trevensdale, un ami de son mari. Celui-ci, pour distraire sa vieille amie, recevait une quantité de gens. Cette année, la comtesse arrivait un peu en avance et devait avoir des choses importantes à raconter à son hôte, car elle lui dit :

« Faites conduire miss Jennie à sa chambre. J'ai à vous parler avant de me coucher, si, toutefois, ce n'est pas abuser de votre temps et de vos forces, car il commence à se faire tard. »

Miss Jennie suivit le domestique et monta un perron monumental qui se trouvait au milieu du hall, en face la grande cheminée, perron bizarrement sculpté et recouvert d'un plafond ogival, soutenu par des piliers dont l'intervalle était rempli par de la pierre ajourée. Ce perron, fort élevé, accédait à une large

C'ÉTAIT UN HOMME D'UNE SOIXANTAINE D'ANNÉES, PORTEUR DE GROSSES LUNETTES

porte creusée dans un mur où se voyaient encore les ouvertures pour les chaînes qui devaient remonter le pont-levis. En haut, sous la voûte d'entrée, une herse en fer montrait ses pointes menaçantes, tandis qu'une fente étroite dans les murs et sur le dallage indiquait que cette herse pouvait clôturer hermétiquement la porte d'entrée.

La jeune fille s'arrêta un instant, étonnée de cette anomalie. Le valet lui expliqua :

« C'était l'ancienne porte du donjon dont il n'a été gardé que la herse. Mr. Trevensdale la fait baisser tous les soirs pour éviter que personne ne puisse s'introduire dans les appartements. »

Un vaste escalier de pierre menait au premier étage. Le domestique ouvrit une porte sur le palier et fit entrer miss Bruce dans la chambre qui lui était destinée. Le serviteur, tournant un commutateur, alluma les ampoules électriques d'un lustre qui pendait du haut plafond, ce qui permit à la jeune fille de voir comment était la pièce qui allait devenir son home pendant un temps qui, selon les caprices de sa maîtresse, pouvait être plus ou moins long.

Très vaste, la pièce était confortablement meublée; des tapisseries anciennes garnissaient les murs; un grand rideau de dentelle pendait, masquant une fenêtre qui devait être large, à en juger par les dimensions de la draperie; un tapis épais couvrait le plancher sur toute l'étendue de la pièce. Dans une vaste cheminée, des bûches brûlaient, dissipant l'humidité des soirées des premiers jours de printemps. Des radiateurs, disposés dans les angles et dissimulés sous des boiseries, tiédissaient l'air. Un lit moelleux, avec des draps blancs parfumés, invitait la jeune miss à s'y reposer, et celle-ci ne fut pas insensible à ce muet appel, car, après avoir fermé avec soin la porte qu'elle verrouilla par surplus, elle fit rapidement sa toilette de nuit et se coucha, remettant probablement au lendemain la visite plus détaillée de son domaine.

La comtesse était restée avec Mr. Trevensdale. Installée devant la grande cheminée, elle avança frileusement ses petits pieds vers l'âtre où flambaient joyeusement des troncs d'arbre. Le châtelain s'était installé devant elle, la contemplant silencieusement et attendant les communications urgentes qu'elle avait annoncées.

« Ces soirées d'avril sont vraiment fraîches, dit la comtesse, et je suis tout heureuse de me réchauffer après la longue randonnée qu'il faut faire de la gare de Thurqo à votre château. Je me sens ranimée à la douce chaleur de votre hall et à la gaieté de ces flammes.

— En effet, la route est longue, plus de quatre-vingts kilomètres, mais vous savez que c'est justement pour cela que j'ai acheté ce château ; cela me délivre des importuns et je suis beaucoup plus libre.

— Alors, cher monsieur, vous êtes content?

— Content, content... si ce n'était que pour moi, oui, mais je trouve que, pour notre pauvre pays, cela ne marche pas bien.

— Plus bas, plus bas, cher monsieur, dit la comtesse effrayée, ne craignez-vous pas que l'on puisse nous entendre?

— Nous entendre, comtesse, y songez-vous? Ce mur, couvert de tapisseries qui en cachent la nudité, a cinq mètres d'épaisseur. Sauf cette porte, qui était celle de l'ancien donjon, il n'y a aucune ouverture. Toutes ont été pratiquées sur les trois autres faces, pour les chambres qui y ont été ménagées. De l'autre côté se trouvent des salons et des pièces de réception. Les murs qui nous en séparent sont encore assez épais pour qu'on n'y entende aucun bruit, même violent. J'ai tout vérifié, j'ai fait garnir les portes de tapisseries épaisses et, pour toutes les conversations confidentielles, j'aime mieux être ici. Dans ce hall immense, la voix se perd; de plus, je peux voir de loin arriver quelqu'un à l'improviste. Avec toutes les commodités que j'y ai trouvées et que j'ai perfectionnées, cela a été une véritable aubaine et une chance inouïe que le lord d'Eribol ait perdu son fils ici, d'une façon subite, juste au moment où je cherchais. Notre vieux Dieu m'a manifestement protégé.

— Ainsi, lord d'Eribol vous a vendu le château?

— Vendu n'est pas le mot; loué pour cinquante ans. Il voulait ma vie durant, mais je pouvais mourir avant l'événement et, par conséquent, cela serait devenu désastreux. J'ai payé plus cher, mais j'ai pensé que cinquante ans étaient plus que suffisants.

— Il y a combien de temps?

— Cela remonte à 1905. Dites-moi, comtesse, pourquoi cette hâte à venir, cette année, non que je m'en plaigne, au contraire, mais y aurait-il quelque chose de nouveau ?

— Certes, les instructions que j'ai reçues m'enjoignaient de faire une commande à la maison Wickers de 10.000 mitrailleuses et de 500.000 fusils avec munitions. Vous pensez quelles difficultés à surmonter. On ne voulait pas fournir cette quantité d'armes sans savoir pour qui et par qui. J'ai pensé à vous; vous avez traité des affaires encore bien plus délicates, il vous sera possible d'intéresser des gens bien placés, de leur offrir des commissions, de trouver des prête-noms et même de faire embarquer secrètement. »

Trevensdale, silencieux, regardait la flamme s'agiter et se tordre dans la cheminée.

« C'est une grosse affaire, dit-il enfin, probablement suivie d'autres. Je la tenterais bien, malgré les risques, mais, si bon patriote qu'on soit, les risques se paient, et, en outre, il y a de gros frais. Que vous a-t-on dit à ce sujet ?

— En plus du prix d'achat, les commissionnaires toucheront vingt-cinq pour cent pour leurs soins et les pots-de-vin.

— C'est bien, chère comtesse, je prends l'affaire en main ; nous partagerons les bénéfices, mais il me faudra l'appui de certains hommes politiques qui ne dédaigneront pas de toucher une rémunération, sous leur nom ou sous celui d'hommes de paille. Dans vos relations, vous pourrez trouver quelqu'un d'influent?

— Certes, et pas des moindres. Le plus cruel ennemi de l'impérialisme français.

— Bien, je devine qui. Mais, je vous en supplie, comtesse, ne me parlez pas de l'impérialisme français! Heureusement pour nous, les Français et leur gouvernement ne sont pas impérialistes. S'ils l'étaient, que serions-nous devenus ? Un peuple qui vit, qui grandit, a besoin d'être impérialiste. Nous viendrons à bout de la France justement parce qu'elle ne l'est pas, ce qui est un signe de décadence et de sénilité. Cependant, pour notre propagande, il est utile d'en parler, de s'en plaindre, de persuader les Anglais, les Américains des visées ambitieuses de la France. Ces peuples anglo-saxons ne sont pas capables de critique et ils croient dur comme fer ce qu'on leur envoie imprimé. Nous avons perdu la guerre, soit; le défaut du sentiment impérialiste fera perdre la paix à la France. Vous verrez, comtesse, que, grâce aux Anglais et à notre impérialisme qui n'a rien perdu de sa vigueur, nous prendrons prochainement notre revanche. Nous serons vainqueurs et triomphants. »

Sur cette déclaration, Trevensdale se tut et tisonna avec énergie, comme s'il voulait, lui aussi, manifester son impérialisme sur les malheureuses bûches enflammées qui s'écroulèrent dans le foyer en lançant dans l'air un véritable feu d'artifice d'étincelles.

« Voyez ce feu, comtesse, il me semble que j'y vois l'image de la dernière guerre. La flamme triomphe encore, elle éblouit, elle jaillit de toutes parts, c'est l'ardeur française, mais c'est un dernier effort. Faute d'aliment, cette flamme va s'éteindre comme ce feu qui, peu à peu, va diminuer et disparaître.

— Oui, Mr. Trevensdale, je suis tout aussi patriote que vous, j'en ai donné la preuve, mais il ne faut pas méconnaître ses ennemis. Demain, ce feu sera éteint. Vous mettrez sur les cendres quelques bûches et, sans vous méfier, vous vous éloignerez. Quelques instants après, une flamme claire, nouvelle et vive jaillira. Sous la cendre, des tisons ardents se sont conservés, inaperçus. Méfiez-vous de la vitalité latente du peuple français. Il semble mort, corrompu, endormi. Un rien suffit pour éveiller chez cette nation une force insoupçonnable qui renverse et détruit tout.

— Les miracles sont rares, ils ne se renouvellent pas et l'Allemagne est le peuple prédestiné. Je garde ma foi et ma persévérance.

— Moi aussi, Trevensdale, et l'empereur, que j'ai vu dans sa triste solitude de Hollande, les garde aussi. Il m'a chargée de son souvenir pour vous. Il sait vos travaux, vos services et votre longue patience. Quand il sera remonté sur le trône, il vous donnera une preuve éclatante de sa reconnaissance. »

Le front de l'étrange Anglais rougit de plaisir, puis il reprit son aspect rigide, et quand la comtesse se leva pour aller se reposer, il lui dit en guise de bonsoir :

« Allons, comtesse, toujours *Deutschland über alles.* »

CHAPITRE III

L'AUBERGE DU « CHEVAL-BLANC » ET SON PROPRIETAIRE

Le printemps s'annonçait chaud et précoce. Quinze jours après l'arrivée des voyageuses au château d'Eribol et de l'ouverture de l'auberge du Cheval-Blanc, les bourgeons avaient éclaté, les arbres se revêtaient de leur parure. Les touristes n'avaient pas fait encore leur apparition et, sauf le soir, où des pêcheurs venaient passer quelques heures à l'auberge, le nouveau propriétaire, Mac Pherson, ne voyait, dans la journée, aucun voyageur, aucun client. Cependant, huit jours après la soirée d'inauguration de l'hôtellerie, un chauffeur, conduisant un gros camion, s'était arrêté, avait remisé sa voiture dans le garage situé près d'une des grosses tours. Mac Pherson l'avait aidé complaisamment et le client, en le remerciant, lui dit :

« On voit que vous connaissez la manœuvre.

— Oh! oui, j'en ai assez conduit, de ces voitures, pendant la guerre. J'étais dans l'armée canadienne et j'allais, sur le front, mener des munitions.

— Vous êtes Canadien? C'est donc pour cela que vous avez un petit accent.

— C'est-à-dire que j'ai été élevé au Canada, mais mon père était Ecossais.

— Vous avez, du reste, l'air bien écossais, et vous me plaisez. Moi, je suis du Lowland, de Falkirk, près d'Edimbourg. Je tente de faire des transports entre les différentes bourgades de l'Ecosse. Par ici, il n'y a pas de chemins de fer et j'espère faire des affaires. Il me faut un centre de ravitaillement et un endroit où je pourrai remiser ma ou mes voitures. Si vous le voulez, je vous loue ce garage qui sera mon dépôt d'essence et mon point de relai. Ce sera pour vous une occasion de diminuer vos frais et d'avoir des clients. »

Mac Pherson réfléchit un instant.

« Oui, dit-il, je le peux. De l'autre côté, il y a une remise, moins bien aménagée que celle-ci, mais où je pourrai loger deux ou trois automobiles. On ne s'arrête pas si souvent ici; cela peut s'arranger. »

Les deux hommes revinrent à la salle de l'auberge; il fut convenu que Mac Pherson tiendrait toujours libre le gara[ge] dont il garderait la clef et qu'il n'ouv[ri]rait qu'à ceux qui lui remettraient un m[ot] de Mr. Lowe.

Mr. Lowe, très content de l'arran[ge]ment, invita l'aubergiste et Smith, q[ue] Mac Pherson présenta comme un anci[en] Anzac qu'il avait recueilli sur le champ [de] bataille, en 1918, lors de l'avance [des] Allemands sur Amiens.

« C'est un Australien ; par reconna[is]sance pour moi, il ne veut plus me qu[it]ter. »

Lowe regarda admirativement [le] colosse et lui serra la main avec une c[er]taine prudence.

Le camionneur quitta l'auberge le l[en]demain et, avec sa lourde voiture, se di[ri]gea vers le Sud.

Ce devait être un homme soigneux c[ar] la veille, il était resté fort longtemps d[ans] le garage, porte fermée, pour graisser [et] nettoyer sa voiture. Il avait refusé l'ai[de] de Mac Pherson et de Smith, ne voula[nt] en aucune façon, les déranger. L'hôtel[ier] n'avait pas insisté et s'était tranquilleme[nt] couché à son heure habituelle, laissa[nt] Smith attendre le chauffeur en compag[nie] du brave Mac Culloden qui était venu, [ce] soir-là, tailler une bavette avec ses de[ux] nouveaux amis.

Mac Pherson avait choisi pour [sa] chambre celle de la vieille tour où [le] pêcheur avait eu cette terrible appariti[on]. Son père ne lui avait pas légué la sup[er]stition écossaise. Il souriait quand M[ac] Culloden lui disait qu'il ne le comp[re]nait pas, que cela lui jouerait un vil[ain] tour.

« En êtes-vous mort, Mr. Mac Cul[lo]den? non, n'est-ce pas? Dites plutôt [à] Smith de changer de chambre et de [ne] pas prendre celle de mon prédécesseur [»]

Mais le colosse de se récrier :

« S'il y a danger de mort, il vaut mie[ux] que ce soit moi qui le courre que [le] patron, il m'a sauvé la vie, je la lui d[ois] donc. »

A ce raisonnement, rien à dire.

Ce soir-là, Mac Pherson ne s'était [pas] couché. Immobile, pensif, il semb[lait] couter. Mais, au travers des murailles paisses, aucun bruit ne s'entendait. Il fit e tour de la chambre, examinant le paruet, surtout aux angles de la pièce, rappant le sol avec un petit marteau, uis les murs, les sondant comme s'il herchait un endroit secret, une cache, ine ouverture masquée.

« Rien, se dit-il, ce vieux fou de Mac Culloden devait avoir absorbé trop d'ale t il a pris un cauchemar pour une réaité. »

Il se coucha, et quand Smith vint rendre place dans la pièce à côté de lui, l dormait profondément.

Huit jours après, Lowe revenait avec on camion. Le véhicule était lourdement hargé et, en reculant, plusieurs colis ombèrent. Smith aida Lowe à remettre es caisses en place, puis laissa le chaufeur graisser sa voiture.

« Patron, dit-il en rentrant dans la alle, voulez-vous me donner une bande quelconque? Ces damnées caisses étaient ourdes et je me suis déchiré la main sur n clou qui dépassait. Je saigne que c'en st gênant. »

Le pansement fait, il n'y songea plus. A l'heure du repas, ils furent rejoints ar Lowe qui dîna gaiement avec eux en eur annonçant que ses affaires allaient merveilleusement et que, très certainement, on le verrait plusieurs fois par emaine.

« Tant mieux, tant mieux, Mr. Lowe, dit Mac Pherson, pour vous et pour moi ; cela me fera un client aimable que l'on reverra avec plaisir. Si vous avez des courses à faire dans le pays, vous n'aurez qu'à nous le dire, Smith et moi, nous vous les ferons.

— Certes, ce n'est pas de refus. Justement, j'ai des colis pour une comtesse de Swedenborghen, au château d'Eribol, chez Mr. Trevensdale. Où est-il, ce château?

— Mais ici, tout près, juste au-dessus le l'auberge; seulement, il est à près de rois cents pieds de haut et, par la route, l faut compter plus d'un mille et demi par un chemin montant tout en lacets.

— Diable, il faut que je parte demain le bonne heure, mais un mille et demi ! C'est peut-être trop vous demander.

— Mais non, mais non, dit Mac Pherson : si les colis peuvent tenir sur une rouette, cela ne gênera pas Smith.

— Même sur mon épaule; j'ai fait mieux que cela, hein, patron? dit Smith en riant à un souvenir commun avec Mac Pherson, car celui-ci sourit.

— Je n'en doute pas, dit Lowe, est-ce qu'en Australie ils sont beaucoup comme vous?

— Eh, eh, pas mal, répondit évasivement Smith, la vie libre au grand air développe beaucoup et...

— Je crois, dit Mac Pherson en interrompant Smith, qui avait l'air assez embarrassé, que mon ami a rarement rencontré son pareil. S'il avait voulu boxer, il aurait pu être champion du monde, mais il a horreur de ce sport depuis qu'il a failli tuer quelqu'un d'un coup de poing. C'est un doux et un timide que Smith, ajouta-t-il en riant, il ne devient féroce que lorsqu'on l'attaque. »

Il fut donc convenu que, le lendemain, Smith porterait les deux malles au château et Lowe alla se coucher en lui disant qu'il les trouverait dans le garage.

Le lendemain, après le départ du camion, le colosse disposa sur une petite voiture à bras les deux colis destinés à la comtesse de Swedenborghen.

Avant de partir, Mac Pherson lui dit :

« Tu feras bien attention à ce que je t'ai recommandé.

— C'est compris, patron. »

Smith se dirigea vers la poterne d'entrée. C'était une véritable porte de prison, massive et haute, bossuée de grosses têtes de clou, renforcée de lames de fer formant des losanges en saillie sur les vanteaux de chêne. Cette porte monumentale et hargneuse était encastrée entre deux grosses tours analogues à celles de l'auberge. Un mur très élevé se prolongeant à l'infini le long de la route enclavait la propriété, et, pour la rendre plus inviolable, on avait cimenté, sur le faîte, des tessons de verre.

« Diable, se dit Smith, si les hôtes de ce château sont aussi avenants que les clôtures, ils ne doivent pas être bien drôles. Où donc est la sonnette? »

Il n'y avait pas de sonnette, mais, sur un des panneaux de la porte cochère, Smith aperçut un heurtoir qu'il se mit à faire manœuvrer avec énergie.

Un judas pratiqué au-dessus s'entr'ouvrit quelques instants plus tard et une voix rauque cria :

« Que voulez-vous? »

Smith regarda avec curiosité la figure qu'encadrait l'étroite ouverture, figure ressemblant à un masque tant elle était rouge, rouge de peau, rouge de poil, les yeux injectés de sang.

« Ce que je veux? dit-il, je veux entrer.

— Qui êtes-vous? Que voulez-vous? Qui vous envoie?

— Smith est mon nom; doux est mon caractère et polies mes manières, répondit Smith, qui s'agaçait un peu. J'apporte des malles pour la comtesse de... de... un drôle de nom, mais il est inscrit sur les caisses. Maintenant, s'il faut vous montrer un passeport pour porter ces malles, je n'en possède pas et je vais m'en retourner.

— Attendez. »

Smith attendit en grommelant et bientôt la porte s'ouvrit et laissa voir le geôlier, car, vraiment, on pouvait lui appliquer ce nom. C'était un fort gaillard dont la figure avait l'aspect d'un hérisson roux et qui, d'un ton rogue, dit :

« On n'entre pas ici comme dans un moulin, l'homme ; qui vous envoie ?

— Je vous ai dit que je m'appelais Smith, monsieur l'ours. Je ne m'appelle pas l'homme, et je suis envoyé par Mr. Lowe pour monter ces colis au château. Puisque cela vous déplaît, je les dépose ici et je m'en vais avec ma voiture. »

Le hérisson, ou l'ours, s'adoucit d'autant plus que le ton de Smith n'était pas tendre, que sa physionomie était menaçante et sa stature imposante. De plus, le nom de Lowe devait lui être connu et la crainte d'avoir à transporter les lourds colis le rendit beaucoup plus accommodant.

« C'est bien, Mr. Smith, ne vous fâchez pas. J'ai une consigne, je l'applique. Vous pouvez passer.

— Mon ami, dit Smith avec hauteur, quand j'ai une consigne, je l'applique aussi, mais avec douceur et politesse. Vous n'avez pas la manière. »

Smith reprit ses brancards et, pendant qu'il gravissait la route en lacet, il murmura :

« Telle porte, tel concierge, mais c'est étonnant comme ce particulier ressemble à un Boche que j'ai assommé; ils sont tous deux taillés de la même façon. Ce que, malgré ma douceur, ma main me démangeait, c'est pas croyable. »

Tout en faisant ces réflexions, Smith observait la route qu'il ne connaissait pas. Au premier tournant, à travers les arbres, il aperçut une petite anse dans laquelle un yacht coquet se balançait sur les eau tranquilles. Cette baie, assez profondé ment échancrée dans le rivage, étai dominée, de l'autre côté, par une falais abrupte. En suivant la route, Smith vi que cette calanque était protégée de l'agi tation des flots du large par deux îlot rocheux laissant entre eux et la côte de chenaux. C'était un véritable port nature que le maître du château utilisait pou lui seul. La propriété, close de murs s'étendait bien au delà de ce bassin. L mer laissait à découvert, sur les bords, de petites plages sablonneuses où les vague venaient doucement mourir.

« Jolie plage de famille, se dit Smith du reste, il y a une route qui y mène Tiens, il y a une personne qui y descend Elle ferait encore frissonner l'ami Ma Culloden, avec la mante verte qui l recouvre. Ce doit être une des voyageuse de l'autre soir. »

C'était, en effet, miss Jennie Bruce qui profitant de ce que la comtesse n'avai pas besoin d'elle, allait se promener e descendait vers la petite plage. Smith continuant son chemin montant, la vi disparaître au-dessous de lui, puis l'aper çut de nouveau à un angle de la route A cet endroit, un escalier menait à l grande terrasse qui formait esplanad devant la façade du château. Avec sa voi ture, Smith continua la route et arriv enfin devant la porte du grand hall.

Sur le perron, un domestique l'atten dait et le conduisit au bas du donjon, une petite entrée qui donnait dans le sous-sols de l'ancien bâtiment. Smit remarqua la dimension énorme des murs l'escalier qui descendait droit s'arrêtai au palier de la porte avant d'avoir fran chi toute l'épaisseur de la maçonnerie. L domestique ouvrit le vantail massif e fer qui, malgré son poids, roula douce ment sur ses gonds.

« Mettez d'abord les deux malles dan le sous-sol, lui dit le domestique, pou que je puisse fermer. Je vous montrera où il faut les monter. Pour vous e retourner, je vous attendrai sur le palie du hall, Mr. Trevensdale voulant vou parler. »

Smith déposa les colis dans le sous-so et le valet ferma la porte de fer. Un obscurité absolue fut suivie immédiate ment d'une vive clarté. Le domestiqu avait tourné un commutateur et de forte

lampes électriques, disposées le long d'un mur, répandaient cette forte lumière.

« Tiens, s'écria Smith, vous avez l'électricité. Vous avez de la chance. Ce que cela nous manque, en bas!

— Oui, Mr. Trevensdale a fait installer une machine. Elle est de l'autre côté de ce mur qui sépare le donjon en deux parties. Les murs sont tellement épais que l'on n'entend rien des bruits qu'elle fait. Elle sert aussi à chauffer tout le château.

— C'est bien combiné, dit le colosse avec naïveté, votre patron s'entend à organiser les choses.

— Oui, dit le domestique qui, moins ourson que le concierge, bavardait volontiers, c'est un homme extraordinaire, rien ne lui échappe, il comprend tout, il sait tout, il devine tout. Avec cela, généreux pour qui le sert, mais impitoyable pour les mauvais serviteurs.

— Il y a longtemps que vous êtes ici? demanda Smith, en chargeant sans effort apparent une des lourdes malles sur son épaule?

— Mon Dieu, que vous êtes fort! s'exclama le valet, qui soupesait l'autre colis, je peux à peine soulever cette caisse.

— Voulez-vous me montrer le chemin ? »

L'admirateur de Smith le précéda et le conduisit à un grand escalier de pierre dont les premières marches se trouvaient au milieu de la vaste crypte. En face de cet escalier, une ouverture fermée par une porte de bois conduisait à la machinerie.

De l'autre côté de l'escalier, des colis et des caisses étaient entassés les uns sur les autres. Smith leur jeta un regard rapide, puis monta les degrés qui menaient aux appartements. Sur les indications du valet de chambre, il déposa

SMITH RESTA EN ARRÊT DEVANT UNE CAISSE ET L'EXAMINA AVEC INTÉRÊT

la malle dans un vestibule faisant suite au palier. Il s'arrêta devant une vaste ouverture d'où l'on apercevait la mer.

« Il y a une belle vue d'ici, dit-il en montrant les flots qui étincelaient sous le soleil, on voit jusqu'aux îles Orkney ; mais que les murs sont épais!

— Oui, dit le valet avec orgueil, comme si c'était lui qui avait fait construire ce bâtiment cyclopéen, ils ont plus de cinq yards. Dans les chambres de ces dames, on en a fait une sorte de petit salon de l'embrasure des fenêtres. Je ne peux pas vous montrer celles qui sont habitées par la comtesse et sa secrétaire, mais regardez celle-ci. »

Smith jeta avec empressement un coup d'œil dans la pièce ouverte. La chambre très vaste avait au fond une baie assez grande pour former un petit bureau bien éclairé, tandis que, par suite même de l'épaisseur de la muraille, la chambre, proprement dite, restait dans une pénombre assez lugubre.

« Je vais vous attendre ici, dit le valet probablement désireux de ne pas escalader une deuxième fois les deux hauts étages, et aller jusqu'aux appartements de monsieur, qui se trouvent dans l'autre aile, au-dessus du grand hall, et je vous retrouve ici.

— Entendu. »

Smith redescendit. Dans la cave, avant d'aller reprendre la seconde malle, il se dirigea vers l'amoncellement de caisses qu'il avait vu. Sous la lumière électrique intense il put les contempler à son aise. Il en souleva quelques-unes, remua la tête puis, tout à coup, resta en arrêt devant une caisse, qu'il regarda, retourna, examina avec un intérêt croissant. Il plaça sa main sur un des coins, sembla comparer, puis, vivement, courut vers la malle qu'il empoigna et posa sur son épaule, comme s'il se fut agi d'un fétu de paille. Il grimpa l'escalier deux marches par deux marches. Le valet n'était pas encore revenu. Smith en profita pour jeter un regard inquisiteur autour de lui. Il aperçut un autre palier, vingt marches plus haut, où s'ouvrait un long couloir desservant les appartements habités par Mr. Trevensdale, dans la partie moderne du château.

N'entendant aucun bruit, Smith redescendit, frappa à la porte de la pièce que la secrétaire habitait ; pas de réponse, il chercha à ouvrir, la porte était fermée ; il en fît de même pour la porte de la chambre de la comtesse, on ne lui répondit pas ; mais ici il put entre-bâiller la porte et jeter un regard rapide dans la pièce. Son œil s'arrêta sur la toilette, surchargée de flacons, de petits pots, de tout ce que peut avoir une femme élégante ou une actrice pour accommoder des restes avec art.

« Diantre, dit Smith, la comtesse doit être une femme chic et doit vouloir paraître jeune pour trimballer avec elle un pareil attirail ! »

Entendant au loin les pas du valet de chambre, il referma vivement et sans bruit.

« Je vous ai fait un peu attendre, dit le domestique, excusez-moi, ces couloirs sont si longs qu'on en finit pas de les parcourir. Venez avec moi, mon maître vous attend. »

Smith le suivit et descendit avec lui le vaste perron qui se trouvait dans le hall.

Mr. Trevensdale était assis sur un canapé qui occupait tout le fond d'une baie formant loggia. Cette ouverture, complètement vitrée, éclairait l'extrémité de l'immense pièce, ne laissant voir que la mer qui s'étendait à l'infini.

Le châtelain parlait avec animation à la comtesse qui ne daigna pas se retourner quand le domestique annonça à son maître :

« Monsieur, voici l'homme de l'auberge que monsieur a désiré voir. »

Nous avons vu que Smith était un peu pointilleux, ce mot de l'homme de l'auberge lui déplut, aussi dit-il à mi-voix en serrant un peu fort le bras du valet qui rougit de douleur :

« L'homme de l'auberge s'appelle Smith, si tu ne le sais pas, l'homme du château. »

Mr. Trevensdale entendit cette réflexion, il se mit à rire et dit :

« C'est bien, maître Smith, Dick n'a pas voulu vous déplaire, c'est un excellent garçon, mais lâchez-lui le bras, je crois qu'il va se trouver mal. »

De rouge, Dick devenait blanc, tant la pression de Smith était douloureuse, et il était près de perdre connaissance.

« Oh ! pardon, dit l'athlète, je ne croyais pas serrer si fort.

— Vous êtes le propriétaire de l'auberge du Cheval-Blanc ?

— Non, monsieur, je suis son aide.

— Ah ! vous êtes son domestique. »

Smith rougit, voulut répondre une impertinence, mais, domptant son amour-propre, évidemment blessé, il répondit :

« Si vous voulez, monsieur.

— Comment s'appelle-t-il, votre maître ?

— Mac Pherson.

— Il n'y a pas longtemps que vous êtes ici ?

— En effet, monsieur, cela fait quinze jours.

— Que faisiez-vous auparavant ?

— Mr. Mac Pherson habitait le Canada, moi, je suis Australien, mais nous nous sommes connus pendant la guerre ; j'étais dans les Anzac, Mr. Mac Pherson dans l'armée américaine. Il m'a sauvé la vie, et je ne l'ai plus quitté après ma libération. Du reste, si vous y tenez, voici mes papiers et ma carte d'identité. »

Intéressé, Trevensdale prit les documents pendant que Smith regardait le hall avec intérêt. A ce moment, la comtesse se retourna et regarda le géant ; celui-ci, qui ne l'avait vue que de dos et la croyait une jeune femme, resta stupéfait en voyant cette figure vieille et ravagée.

« C'est bien, mon ami, dit Trevensdale, voici vos papiers et prenez ceci pour votre peine. Je ferai plus tard connaissance avec votre patron, et je pense qu'il n'aura pas à s'en repentir. Dick, reconduisez monsieur. »

Dick, à deux pas de Smith, par prudence, le conduisit à la porte du hall. Le colosse vit le geste du valet et lui dit :

« Ne crains rien, mon vieux, je ferai attention. Viens, cet après-midi, prendre un verre à l'auberge. Quelle est donc cette dame qui est avec Mr. Trevensdale ?

— C'est la comtesse de Swedenborghen. »

CHAPITRE IV

OU MAC PHERSON SEMBLE PRENDRE UN VIF INTERET A CE QUE LUI RACONTE SON AMI SMITH.

« Eh bien, patron, j'en ai à vous raconter, dit Smith en rentrant à l'auberge. Peut-être que vous allez débrouiller tout ce que je viens de voir, mais moi, j'y perds mon latin.

— Heureusement que ce n'est pas très difficile, dit Mac Pherson, pour ce que tu en as appris.

— Oui, mais vous, vous êtes un savant, vous serez peut-être moins embarrassé.

— Laisse mon savoir de côté, il n'est pas de mise ici, un aubergiste écossais qui saurait le latin pourrait éveiller des curiosités malsaines. Parle dans ton meilleur anglais, heureusement que tu le sais mieux que le latin.

— Patron, après m'être chamaillé avec un hérisson de concierge, malotru et féroce, que j'ai calmé en prononçant le nom de Mr. Lowe, qu'il a semblé connaître...

— Ah ! il a semblé le connaître ?

— Oui, il est devenu doux comme un mouton quand je lui ai dit qui m'envoyait... Donc, je l'ai laissé à son chenil de chien de garde et, traînant ma voiture, j'ai grimpé la côte en haut de laquelle se trouve le château. La route toute ombragée de grands arbres, elle serpente dans une haute futaie, composée en grandes parties de sapins, mais, en contre-bas, il y a des hêtres, des chênes. Les feuilles n'étant pas encore poussées, j'ai pu voir au pied de la falaise une calanque faisant port et un beau yacht. Une jeune personne, portant une mante verte, allait vers la plage par une large allée qui fait suite à un escalier montant au château. Au faîte de la côte, j'ai vu les bâtiments qui forment la demeure de Mr. Trevensdale. Ils sont de taille ! Sur le côté où j'arrivais, il y a une façade qui n'en finit pas. L'entrée, monumentale, avec un perron tout orné de lampadaires de bronze, est placée près du vieux donjon. Tout est entouré d'un fossé assez profond, et les ouvertures donnant dans ce fossé sont grillagées, et il m'a semblé tout d'abord qu'on ne pouvait pénétrer dans l'habitation que par la grande entrée...

— Alors, on t'a fait passer par là ?

— Non, car dans le vieux donjon, il y a une porte basse creusée dans l'épaisseur de la muraille. On y arrive par un escalier étroit, et la porte est en fer assez épais pour défier toute tentative d'effraction.

— Où mène cette entrée ?

— Dans le sous-sol du donjon. J'ai porté les malles dans cette cave qui est immense. Un domestique, appelé Dick, qui va venir cet après-midi faire connaissance avec nous, m'a fait monter les malles dans le donjon, dans un grand vestibule. J'ai grimpé quatre-vingts marches, je les ai comptées.

— Tu as bien fait ; on peut donc admettre que le palier de cet étage est à douze mètres au-dessus de la cave.

— Oh oui ! il y a bien cela.

— Le sous-sol est grand ?

— Très grand. Il est partagé en deux par un gros mur ; dans l'autre partie, il y a la machinerie ; ils ont la lumière électrique, et c'est la machine qui la fournit.

— Bien.

— En arrivant à l'escalier qui se trouve au milieu du sous-sol, j'ai remarqué qu'il y avait un gros amoncellement de caisses et de colis. Comme Dick était avec moi, je n'ai fait semblant de rien, mais ma première idée, en redescendant seul chercher l'autre malle, a été de regarder ces caisses, et savez-vous ce que j'ai vu, patron ?

— Non.

— Eh bien, j'ai reconnu la caisse que j'avais chargée hier dans le camion de Lowe.

— Tu rêves, c'est une caisse analogue. Comment aurais-tu pu la reconnaître !

— Vous ne vous rappelez pas que je m'étais écorché, et que cela saignait beaucoup. Cette caisse portait des traces de sang et, à un endroit, la forme de mes doigts y était imprimée. Il n'y a pas d'erreur, j'ai mis ma main dessus et cela concordait. »

Le front de Mac Pherson se plissa, et il reprit :

« C'est que Lowe a porté cette caisse avec son camion.

— Alors pourquoi m'aurait-il fait porter les deux malles, s'il devait transporter cette caisse au château. Du reste, il est parti en même temps que moi, ce matin, le camion est allé à gauche et moi, à droite.

— Il l'a portée cette nuit.

— Pas possible, patron, je l'aurais entendu. Le camion fait du bruit. De plus, la sonnerie fait un tintamarre du diable dans ma chambre quand on ouvre une porte quelconque de la maison. Lowe a dormi toute sa nuit. Quand il est rentré, après avoir arrangé sa voiture, j'ai tout fermé et regardé partout. Tout était bien clos, le garage comme le reste.

— Réfléchis bien à ce que tu dis. Si cette caisse est la même que celle que tu as chargée, elle n'a pas pu aller toute seule en haut, et il n'y a pas d'autre chemin que la route, à moins qu'elle ne se soit envolée.

— Oh ! patron, il n'y a pas de fenêtres dans la remise et les murs sont épais.

— Alors, c'est qu'elle est partie en dessous. Il y aurait donc une porte secrète que connaîtraient Lowe et Mr. Trevensdale. Diable, diable, il va falloir contrôler cela. Ce que je ne comprends pas, c'est la raison qui a poussé Lowe à nous faire conduire les malles de la comtesse, au lieu de leur faire prendre le même chemin. »

Smith regardait son patron qui pensait tout haut :

« C'est peut-être pour que la comtesse ne se doute de rien.

— La comtesse, peut-être, ou bien plutôt pour que nous, nous ne puissions avoir aucun soupçon. Les caisses que tu as vues ne portaient aucune indication.

— Aucune, que des numéros d'ordre.

— C'est bien étrange.

— Je ne vous ai pas encore tout dit, patron : arrivé sur le palier avec la seconde malle, Dick n'était pas là, il m'avait dit de l'attendre ; j'en ai profité pour jeter un coup d'œil dans la chambre de la comtesse, mais je n'y ai rien vu de remarquable, sauf, sur une toilette, l'attirail que l'on voit chez les acteurs pour se farder. J'ai pensé que la comtesse devait être une vieille peau qui devait chercher à...

— Réparer des ans l'irréparable outrage.

— C'est ça, patron, eh bien, je l'ai vue, la comtesse.

— Dans sa chambre ?

— Non, avec Mr. Trevensdale, qui a cherché à me faire causer. Elle s'est retournée. Pour une vieille peau, c'est une vieille peau ! Mais je ne comprends plus son arsenal, car j'ai rarement vu un visage plus ridé que celui de cette dame. Avec cela, vue par derrière, on aurait pensé voir une jeune fille.

— Ah ! dit Mac Pherson.

— Mr. Trevensdale m'a longtemps interrogé. Pour le convaincre, je lui ai montré mes papiers. Il s'est plongé dedans avec intérêt. C'est à ce moment que la comtesse s'est retournée, et m'a planté ses yeux bleus dans les miens. C'est étonnant comme ils sont vifs et acérés.

— Ah ! elle a des yeux bleus ?

— Oui, et elle m'a regardé parce que, par mégarde, j'avais serré un peu fort le bras de Dick, et cette mauviette a failli se trouver mal.

— Oui, quand tu dis que tu serres fort, il y a peut-être de quoi crier.

— Aussi, pourquoi m'avait-il traité d'homme de l'auberge.

— Ce n'était pas bien méchant. Tu es susceptible en diable, cela pourra te jouer un mauvais tour. Un jour ou l'autre, tu estropieras quelqu'un. Quel effet t'a produit Mr. Trevensdale ?

— Il a été très aimable, mais il a une tête assez bizarre, maigre, osseuse, une tête de mort à laquelle on aurait mis de grosses lunettes d'écaille.

— Il ne t'a rien demandé ?

— Si, il m'a interrogé sur ce que nous faisions avant la guerre, et il m'a dit qu'il voulait vous voir.

— Et la comtesse ?

— Oh ! elle n'a rien dit. Elle s'est contentée de m'examiner de la tête aux pieds et des pieds jusqu'à la tête. Si elle avait été plus jeune, cela m'aurait flatté, mais elle au moins soixante-dix ans !

— Tu crois ?

— Peut-être davantage.

— Peut-être beaucoup moins. Il faudra que je la voie !

— Ce ne sera pas difficile.

— Oui, mais je voudrais la voir sans qu'elle m'aperçût. Je ne tiens pas du tout à être vu d'elle.

— Pourquoi, patron ? Elle ne vous connaît certainement pas.

— Une idée à moi. »

A ce moment, Mac Culloden fit son apparition dans l'auberge.

« Eh bien, boys, dit-il gaiement, cela va-t-il, vos affaires ? Mac Pherson donnez-moi un bon verre de whisky ; ce gai soleil de printemps me ragaillardit tout à fait.

— Voici, voici, Mr. Mac Culloden, dit Smith, qui ne laissa pas le temps au patron de servir, asseyez-vous donc.

— Merci, vieux, dit le marin, moi, j'aime le soleil, je ne supporte la nuit que sur l'eau ou dans mon lit, et encore, quand il n'y a pas d'apparitions.

— Oh, sur l'eau, il ne doit pas y en avoir beaucoup !

— Moins que sur terre, mais, cependant, il se passe quelquefois des choses bizarres.

— Lesquelles donc ? demanda Smith en versant une bonne dose de whisky.

— Des choses inexplicables ; des lueurs sous la mer.

— Oui, dit Mac Pherson, il y a des infusoires qui, à certains moments, donnent une teinte phosphorescente des plus nettes. Cela a été souvent constaté par des marins.

— C'est possible, dit Mac Culloden, peu convaincu, vous êtes très instruit, Mr. Mac Pherson, et je n'ose plus rien dire, mais moi qui suis un âne bâté, je vous assure que dans nos mers d'Écosse, jusqu'à ces temps derniers, on n'avait jamais vu cela.

— L'autre soir, vous en avez déjà parlé, mais le marin du yacht de Mr. Trevensdale ne se rappelle pas en avoir vu.

— Possible, mais moi j'ai bien observé de drôles de lumières sous l'eau, et juste sous la falaise du château. Le marin n'a pu les voir, le yacht étant amarré dans le port.

— Qui donc commande le yacht de Mr. Trevensdale ?

— Vous avez vu ce joli bateau ? Le lord d'Eribol n'avait qu'un sloop à voile, mais Mr. Trevensdale ne s'en est pas contenté ; il y a dix ans, avant la guerre, nous avons vu arriver ce petit vapeur. Il jauge bien sept à huit cents tonneaux. Le commandant était un vieil ours qu'on ne voyait jamais. A ce qu'il paraît que, tout dernièrement, il a été remplacé par un autre officier.

— Mais pendant la guerre, Mr. Trevensdale n'a pas pu se servir de son bateau ?

— Si, le gouvernement l'avait chargé de la surveillance d'un secteur. Il a coulé, paraît-il, un sous-marin allemand. Il a reçu des félicitations, d'autant plus que ce sous-marin avait détruit deux ou trois des nôtres et plusieurs schooners.

— Et depuis la guerre ?

— Mr. Trevensdale sort de temps en temps, il fait quelquefois des traversées de deux ou trois jours.

— Vous avez vsité le yacht ?

— Non, mais il est passé plusieurs fois près de ma barque de pêche, et j'ai pu l'examiner. C'est un joli bâtiment.

— Smith a été ce matin au château, et il a aperçu les deux femmes vertes que vous aviez vues dans la voiture, l'autre soir.

— Oui, avoua le vieux matelot, ce n'étaient pas des revenantes, puisque personne n'est mort. »

Mac Pherson se plongea dans une méditation profonde, et presque sans le vouloir :

« Il y en a peut-être cependant une qui est une revenante.

— Non, Mr. Mac Pherson, rassurez-vous, dit le pêcheur, qui avait entendu, une seule était suffisante pour apporter le malheur. Il n'est rien arrivé, c'étaient de simples voyageuses.

— Vous devez avoir raison, Mr. Mac Culloden, en effet, si c'était une revenante, le malheur serait déjà tombé sur nous. »

L'après-midi, Dick, selon sa promesse, vint trouver son nouvel ami Smith et faire la connaissance de Mac Pherson. Celui-ci chercha à lui tirer les vers du nez, mais, soit ignorance, soit habileté, le domestique ne donna aucun renseignement utile, sauf que Trevensdale ne connaissait la comtesse de Swedenborghen que depuis fin 1915, et que cela avait été une grande amitié depuis le début. Les visites étaient toujours longues, mais très irrégulières comme époques... Quant à la secrétaire, c'était la première fois que Dick la voyait, elle ne lui plaisait pas. Autant la comtesse était aimable et enjouée, autant sa jeune fille était hautaine, sérieuse et même triste.

« Ce n'est pas que miss Bruce soit désagréable, mais, avec des personnes comme elle qui ne demandent jamais rien, qui ne laissent jamais rien en désordre, où tout est fermé, leur figure comme leur armoire, on n'est jamais fixé. La comtesse, au contraire, laisse toujours tout ouvert, sa porte, son armoire et même son secrétaire. Elle ne s'enferme que pour faire sa toilette. On voit bien qu'elle n'a rien à cacher...

— Que sa peau, interrompit en riant Mac Pherson.

— Et encore, dit le domestique, elle en montre trop, pour ce que c'est beau. Miss Bruce en montre moins qu'elle, du reste, c'est tout l'opposé de sa maîtresse, elle cache tout, ferme tout. Elle se verrouille quand elle est chez elle, ferme sa porte à clef quand elle n'y est pas. C'est à peine si on a le droit de faire son service, et on trouve toujours tout bouclé.

— Oui, dit Mac Pherson, c'est exaspérant de ne pouvoir mettre le nez dans les affaires des maîtres, on ne sait pas qui l'on sert. »

Dick s'en alla et Mac Pherson se tourna vers Smith :

« Tu as fait une bonne connaissance, mon ami, ce garçon est bête et ignorant, ce sont des qualités pour nous être utile. Tu vas essayer d'être l'ami de cet Ostrogoth et n'hésite pas à lui demander des petits services pour le récompenser plus que largement. Fais-le boire, causer et gagner de l'argent, et il nous sera dévoué plus qu'à son maître. Décidément, notre journée n'a pas été perdue ; j'ai percé à jour la vieille comtesse, tout au moins, je le crois, mais l'énigme, pour moi, c'est la secrétaire.

— C'est d'elle dont il faut se méfier ?

— Oui, il faut nous en défier, nous en défendre, mais de la comtesse encore plus, et, tout bas, je vais te dire qui je crois avoir deviné. »

Mac Pherson se pencha à l'oreille de son aide, et lui chuchota un nom.

Smith devint tout rouge de stupéfaction et poussa cette interjection, tout à la fois d'étonnement et de terreur :

« Oh ! »

CHAPITRE V

LA SECRETAIRE DE LA COMTESSE

C'ÉTAIT bien miss Bruce que Smith avait aperçue à travers les arbres, quand il montait les bagages au château. Depuis l'arrivée de la comtesse, la correspondance avait été tellement active que la jeune fille n'avait eu que quelques rares moments de liberté, trop courts pour explorer le vaste domaine qui formait la propriété de Mr. Trevensdale. Ce jour-ci, la vieille douairière lui avait donné toute liberté.

En arrivant sur le rivage rocheux où l'on avait construit un quai d'amarrage, la jeune fille aperçut le yacht à quelques encâblures. Un canot s'en éloignait venant au rivage. Rapidement enlevée par deux rameurs, la barque, conduite par un jeune officier, accosta le long du quai près d'une échelle de fer enclavée dans le mur. Leste et rapide, le jeune homme escalada les échelons et sauta sur le rebord du quai. Il resta interdit en voyant la jeune fille et salua avec la plus grande courtoisie et l'élégance d'un homme bien élevé.

C'était un bel officier, grand, svelte, aux mouvements aisés, d'une figure énergique et agréable, mais les yeux bleus aux reflets d'acier lançaient des regards froids et incisifs qui ne masquaient leur dureté que par un effort de volonté.

Il s'approcha de Jennie et lui dit :

« Je vous demande pardon, mademoiselle ou madame, de vous parler sans vous être présenté, mais depuis un mois que j'ai été appelé, par Mr. Trevensdale, à commander son yacht « Le Cygne », je n'ai pas encore eu l'honneur de vous rencontrer et de vous être présenté ; je me nomme George Oldmen, officier de marine. »

A cette invitation à peine déguisée de lui dire qui elle était, la jeune fille sourit.

« Je suis miss Bruce, la secrétaire de la comtesse de Swedenborghen. Il n'y a rien d'étonnant à ce que vous ne m'avez pas encore aperçue. C'est la première fois, depuis notre arrivée, que je descends jusqu'ici. »

Le jeune officier parut tout à fait rassuré, son regard soupçonneux s'adoucit et il répondit :

« C'est donc vous miss Bruce. Mr. Trevensdale m'avait parlé de son amie, la vieille comtesse, et de sa secrétaire. Il a l'air de beaucoup estimer madame de Swedenborghen.

— Je crois en effet qu'ils se connaissent depuis assez longtemps. Au revoir, monsieur. »

La jeune fille salua le lieutenant de marine et fit mine de s'en aller.

« Je vous fais peur, miss Bruce ?

— Peur ! Pourquoi donc, monsieur ? dit la secrétaire, dont le visage refléta un vif étonnement.

— Vous partez si précipitamment !

— Mais, monsieur, qu'ai-je à faire ici ? Je vais continuer ma promenade.

— Et si je vous en proposais une, dans ce canot, pour vous faire connaître cette partie intéressante de la propriété de Mr. Trevensdale, serait-ce indiscret ? »

Cette proposition, qui aurait été choquante en France, ne l'était nullement avec les mœurs anglaises. Après une seconde de réflexion et d'hésitation, miss Bruce accepta. Avec agilité, aidée de l'officier, elle descendit les échelons et s'assit entre George Oldmen, qui tenait la barre, et les deux matelots qui ramaient.

Le canot dépassait une pointe rocheuse et la secrétaire aperçut dans la falaise une sorte de porche énorme et sombre, sous laquelle la mer pénétrait.

« Qu'est-ce donc que cela ? dit-elle, une grotte ?

— Oui, une grotte comme on en rencontre souvent dans ces côtes découpées et abruptes. La mer y pénètre. Si vous le désirez, nous allons y entrer ; s'il y avait un peu de houle, ce serait dangereux, mais la mer est tout à fait calme. »

L'embarcation s'enfonça dans la grotte dont la voûte, élevée à l'entrée, s'abaissait rapidement et, au bout d'une cinquantaine de mètres, on dut rebrousser chemin.

« Si la mer était basse, dit l'officier, nous pourrions aller beaucoup plus loin, mais on serait arrêté tout de même.

— On ne sait pas quelle est la profondeur de cette grotte ?

— Non, miss Bruce. »

Le canot se rapprochant de l'ouverture, miss Bruce poussa une exclamation :

« Des ampoules électriques ! dit-elle, en montrant sur les côtés du porche des lampes avec des réflecteurs.

— Oui, c'est Mr. Trevensdale qui les a fait installer, pour montrer la route quand la nuit vient et éviter une erreur.

— Quelle erreur ?

— Voyez le promontoire qui se trouve par là ; il y en a un autre un peu plus loin, derrière lequel se trouve le quai d'amarrage. On peut les confondre l'un pour l'autre, d'où cet éclairage qui montre l'entrée de la grotte et l'endroit où l'on se trouve. De plus, à marée basse, le soir, cela permet de suivre le petit liseré de sable que l'eau laisse à découvert, dans le cas où l'on voudrait se hasarder au pied de la falaise.

— Mr. Trevensdale est très prévoyant !

— C'est un homme remarquable, dit, avec une sorte d'enthousiasme le jeune homme ; il nous en faudrait beaucoup comme lui et, ce qui fait son originalité, c'est qu'il dédaigne la gloire, et son action puissante est presque inconnue.

— Je l'ignorais, en effet, et il me faut cette promenade en mer pour l'apprendre. Alors c'est la simplicité et la modestie mêmes. »

La barque s'approchait de l'ouverture du golfe, qui était protégé des violences du large par deux îlots rocheux laissant entre eux et la côte des chéneaux étroits et tortueux, mais dont la profondeur ne pouvait être aperçue.

La promenade dura environ une heure.

« Voulez-vous visiter le yacht, mademoiselle ? demanda George Oldmen.

— Si vous le voulez bien, monsieur, je le visiterai un autre jour, avec Mme la comtesse, si elle veut bien m'accompagner. »

Le jeune officier donna un ordre bref aux deux matelots et la barque s'approcha du quai.

« Merci, monsieur, de cette bonne promenade, intéressante et agréable. »

Souriante, elle donna une bonne poignée de main à son cicerone et s'éloigna dans la direction du château, prenant par les escaliers qui conduisaient au terre-plein.

La cloche annonçant le déjeuner vibrait encore quand Jennie entra dans le hall, où se trouvaient la comtesse et Trevensdale. Tous deux étaient penchés sur de vastes cartes et discutaient avec ardeur. Le bruit de l'entrée de la secrétaire arrêta net la discussion, et Trevensdale, très galant et affable, s'avança vers la jeune fille.

« Il me semble, mademoiselle, que le soleil entre avec vous dans mon vieux et sombre logis. Etes-vous contente de votre matinée ?

— Enchantée, d'autant que Mr. Oldmen, que j'ai rencontré sur le quai, m'a fait faire le tour de votre port ; j'en ai admiré les beautés et les curiosités.

— Vous avez vu la grotte ? Très curieuse, n'est-ce pas, miss Bruce, il y a en plus de celle de Fingal, le mystère, car on ne sait pas jusqu'où elle va et, dans le pays, on prétend que c'est le refuge des sorcières, des revenants et de tout ce que peut enfanter la superstition populaire. Mais il est temps de déjeuner. »

Après le repas, miss Bruce retourna dans sa chambre, dans laquelle elle s'enferma. Elle s'assit dans un fauteuil qui se trouvait dans la large ouverture pratiquée dans l'épaisseur des murailles du donjon. Elle se plongea dans des réflexions profondes, plutôt tristes, car sa physionomie revêtait une expression presque douloureuse. Une lassitude angoissée se montrait sur ses traits et, se levant, se tordant les mains presque de désespoir, elle murmura :

« Ah ! de quel pénible devoir je me suis chargée. Si je n'étais soutenue par ces deux sentiments, servir mon pays, venger mes parents, comme j'irais ensevelir mes larmes, ma tristesse infinie et mon découragement dans un cloître. Ce serait le repos, ce serait la fin de cette lutte, de cette dissimulation sans trêve, de cette défiance perpétuelle. Oh ! avoir confiance en quelqu'un, pouvoir ne rien cacher, montrer son vrai visage ! Mais ici, où tout est louche et suspect, depuis la comtesse avec toutes ses affaires commerciales, ce Trevensdale avec cette figure spéciale, que j'ai déjà rencontrée en Allemagne, cet officier de marine de ce matin, avec son allure de junker, tous, jusqu'aux domestiques les plus insignifiants, me semblent appartenir à une société secrète. Ce n'est pas sans raison, du reste, que j'ai été dirigée de ce côté, mais je ne trouve rien, je ne vois rien, tout semble clair, net, sans arrière-pensée, et, cependant... »

La jeune fille marchait lentement dans sa chambre, les yeux baissés. En passant près de la tenture suspendue à une tringle, elle accrocha un pan de l'étoffe et la barre qui soutenait le rideau sortit d'un anneau de fer qui la portait et tomba à ses pieds en même temps que la draperie. Jennie Bruce ne devait pas aimer se faire servir car, sans hésiter, tirant une table, elle monta dessus pour rajuster la tringle et le rideau. Au moment où elle introduisait la barre, la table vacilla légèrement et, instinctivement, la jeune fille se rattrapa à l'anneau qu'elle tira assez fortement. Elle le sentit légèrement glisser, puis il s'arrêta et ne bougea plus

« Il n'est pas bien solide, cet anneau, » se dit-elle.

Elle le secoua, mais ne put l'ébranler, elle poussa dessus fortement, le même déclic en sens inverse se fit sentir. Intriguée, elle tira de nouveau. Même phé

MISS BRUCE CONSTATA QUE, SOUS SA PRESSION, LE MUR S'ENFONÇAIT DERRIERE ELLE.

nomène. Cependant, rien d'apparent ne se montrait. Mettant le rideau en place, elle descendit de sa table, pensant que le mouvement anormal de cet anneau était dû à un descellement de la pièce de fer qui devait être là depuis de longues années. Sans plus s'occuper de cet incident, elle regarda l'heure, il était près de trois heures, et elle se demanda à quoi elle allait employer le temps qui lui restait.

Elle s'approcha de la fenêtre dont les vitres étaient relevées. Sa vue s'étendait vers le Sud, sur tout le pays. Presqu'à ses pieds, les cîmes des arbres ondoyaient; plus loin, les sommets dénudés des collines étaient blancs de fleurs de bruyère. Aucun bruit, aucune fumée, la paix idéale.

« Comme c'est beau ! » dit-elle en s'accotant au mur près de la fenêtre.

Elle poussa un cri. Sous sa pression, le mur s'enfonçait. Elle se retourna, effrayée. Devant elle, s'ouvrait un couloir sombre.

Maintes fois, depuis son arrivée, la jeune fille s'était appuyée à la muraille pour regarder le paysage ; elle n'était pas la première qui avait habité cette chambre et, si cette ouverture avait été connue, on l'aurait certainement avertie ou on se serait arrangé pour éviter cette découverte. Quoique bien jeune, miss Jennie avait beaucoup de sang-froid, car son premier mouvement, au lieu de se précipiter dans cet inconnu plein de mystère et d'attrait, fut de verrouiller sa porte, puis elle tira de son armoire une lampe électrique qu'elle vérifia avec soin, prit, par précaution, une pile de rechange et s'arma d'un revolver. Avant de pénétrer dans le couloir qui s'était révélé si brusquement, elle regarda avec soin comment était disposée la porte. C'était une forte dalle de pierre qui tournait sur un pivot. La jeune fille n'osait passer de peur de voir le mur se refermer sur elle. Pour éviter cet accident, elle appliqua, contre la paroi sur laquelle la dalle mobile venait s'appuyer, un des lourds chenets de fer qui se trouvaient dans la cheminée. Rassurée par cette précaution, elle entra dans le couloir. Rien ne bougea, aucun contrepoids secret n'existait. Pour fermer la porte, elle n'avait qu'à pousser la pierre ; pour la rouvrir, qu'à tirer un verrou qui était l'extrémité d'une longue tringle de fer qui, s'enfonçant dans le mur, devait se terminer à l'anneau qu'elle avait par hasard ramené à elle.

Très certainement cette porte n'avait pas été ouverte depuis longtemps, car une épaisse couche de poussière revêtait tout, mais le graissage en avait été si soigneusement fait, que rien n'avait été touché par la rouille.

Après avoir bien examiné le système, miss Bruce retira le chenet qu'elle alla reporter dans la cheminée, déverrouilla sa porte, pour n'éveiller aucun soupçon, dans le cas où l'on voudrait venir dans sa chambre et, avec décision, entra dans l'inconnu, refermant la dalle derrière elle.

Le couloir qu'elle parcourait pouvait avoir un mètre de large, comme ceux que l'on trouve au Château des Papes, à Avignon. Ces couloirs secrets sont pratiqués dans l'épaisseur des murs et servaient pour sortir sans être vus et même pour épier ce qui se passait dans les autres parties du château par des regards habilement dissimulés. Prudemment, miss Bruce s'engagea dans ce passage mystérieux dans lequel aucune lueur de jour ne perçait. Elle fit quelques pas en droite ligne, s'éclairant de sa lampe. Elle s'arrêta devant un escalier en limaçon qui descendait. A sa droite, le couloir se prolongeait, se bifurquant un peu plus loin. Prenant une des directions, elle se trouva dans une petite chambre de forme irrégulière. Cette pièce se terminait par une meurtrière étroite, fermée par un volet très visible. Elle tira à elle la dalle de pierre formant ce volet qui pivota, laissant une petite ouverture. Aussitôt, le jour extérieur pénétra dans le réduit obscur. Par prudence, miss Jennie éteignit sa lampe pour regarder. Elle faillit jeter un cri d'étonnement, la fente donnait sur le grand hall du château. D'où elle était, elle voyait presque toute la vaste pièce à sa hauteur et de chaque côté, elle apercevait une partie des arcs-boutants qui formaient la voûte et dissimulaient, dans leurs reliefs, l'ouverture secrète. Des bruits de voix lui parvinrent, mais elle ne put apercevoir les interlocuteurs, les arceaux lui masquant l'extrémité de la pièce, celle qui faisait face à la mer. Refermant avec précaution le judas, elle revint sur ses pas et s'engagea dans le couloir qui se trouvait à sa gauche et s'enfonçait dans l'ombre, elle arriva dans une autre pièce analogue à la première avec la même ouverture. De cet endroit, elle put voir les personnes qui se trouvaient dans le hall. C'étaient Mr. Trevensdale et la comtesse, et le bruit de leurs paroles arriva distinctement à ses oreilles. Cette conversation intéressa vivement la jeune fille, car elle resta près de deux heures à écouter. Ce ne fut que lorsque la comtesse se leva pour sortir qu'elle se décida à quitter son poste d'observation.

CHAPITRE VI

OU MAC PHERSON CHERCHE SANS TROUVER ET TROUVE SANS CHERCHER

Depuis les découvertes de Smith au château, Mac Pherson avait presque totalement délaissé son auberge, qu'il laissait aux soins de son second. Il passait son temps à explorer les alentours du domaine d'Eribol et surtout les abords de l'auberge derrière laquelle, à une dizaine de mètres, s'élevait le mur d'enceinte. Une nuit même, il avait escaladé ce mur et avait examiné tout le terrain qui se trouvait à proximité, en avant des pentes abruptes de la colline sur laquelle le donjon avait été construit. Des aboiements de chiens l'avaient forcé à regagner au plus vite l'échelle qui avait facilité son escalade et il était rentré chez lui sans avoir rien trouvé.

En continuant ses explorations, il faillit un jour se rencontrer nez à nez avec la comtesse et sa secrétaire qui étaient sorties du domaine, et se promenaient sur la route, mais il les reconnut d'assez loin pour les éviter et se jeter, sans être vu, derrière un buisson bordant le chemin. Il y avait ce jour-là un vent assez vif et les deux femmes portaient des voilettes épaisses pour se protéger la figure. La jeune secrétaire ne sembla pas intéresser l'aubergiste qui les épiait derrière le feuillage. Ses regards se fixaient obstinément sur la vieille femme.

Il revint sur la route quand elles eurent disparu au loin. Mac Pherson rentra chez lui tout songeur.

Le lendemain, le vieux Mac Culloden vint rendre visite à ses amis.

« Qu'avez-vous donc, Mr. Mac Pherson ? Vous avez l'air tout triste. La dame verte serait-elle venue vous visiter ?

— Non, mon vieil ami, pas la dame verte, mais un revenant plus dangereux.

— Diable, diable, dit le vieux pêcheur en avalant d'un trait son verre de whisky, vous l'avez vu dans votre chambre, cette nuit ?

— Non, en plein soleil et sur la route.

— Allons donc ! Des revenants sur une route et au jour ! Vous avez la berlue ! Il faut vous changer les idées ! Moi, qui n'en ai pas beaucoup, j'en ai une. Smith peut bien rester seul ici toute une journée ; il n'a pas peur des revenants, lui. Venez pêcher demain avec moi, seulement, nous ne rentrerons peut-être que le matin, si une nuit dans une barque ne vous effraie pas, et si cela peut vous être agréable. On prétend qu'on a vu de loin un vol de mouettes et vous savez qu'elles suivent les harengs à la trace. »

Mac Pherson hésita un moment, puis finit par accepter.

Le lendemain, Smith fut préposé à la garde du logis et, vers cinq heures du soir, par un temps superbe et chaud d'un mois de mai prometteur, l'aubergiste et le marin s'embarquèrent. Mac Pherson monta de plusieurs échelons dans l'estime du vieux pêcheur en se montrant, dès l'appareillage, un matelot expert.

« Vous avez donc navigué ?

— Oui, un peu, et je connais la manœuvre d'un bateau à voiles.

— Ça se voit, mais pourquoi ne l'aviez-vous pas dit ? Il y a longtemps que je vous aurais offert de m'accompagner. Si vous êtes aussi fin pêcheur que bon matelot, nous allons revenir chargés à couler. »

Une brise légère poussait la barque vers l'Est et, au sortir du fiord profond que forme le loch Eribol, on aperçut en haut de la falaise escarpée les bâtiments du château. Le soleil qui déclinait en colorait vivement les façades exposées à l'Ouest. Mac Pherson, laissant son compagnon s'occuper de la manœuvre et de la préparation des filets, examinait avec attention le donjon et semblait se plonger dans des réflexions intenses.

« Vous m'avez raconté, Mac Culloden,

dit-il tout à coup, que mon prédécesseur, quelques jours avant sa mort, avait aperçu un fantôme vert sur le donjon.

— Oui, dit le pêcheur, presque enseveli sous le monceau de filets qu'il déroulait avec soin dans le fond de la barque, et le pauvre diable en est mort.

— Voici alors qui n'est pas très rassurant pour nous, dit en riant Mac Pherson, regardez donc. »

L'Ecossais montrait à son compagnon qui s'était redressé, une forme verte qui se voyait au sommet de l'édifice, entre les tourelles construites aux quatre coins du donjon.

« Que Dieu nous aide, dit Mac Culloden, le malheur est sur nous !

— Allons, patron, dit Mac Pherson au marin, vous n'allez pas trembler pour une femme en chair et en os, car je ne crois pas qu'un fantôme ait besoin de se servir d'un télescope pour regarder au loin. »

En effet, l'apparition qui se dessinait nettement sur le ciel bleu braquait une longue-vue sur le large. Après un examen attentif sur un point qui parut l'intéresser, elle releva son appareil et s'accouda sur le bord du parapet, regardant la mer. Mac Pherson sortit une jumelle de sa poche et se mit à observer la femme qui pouvait être à cinq cents ou six cents mètres de lui, mais la distance était trop grande pour qu'il pût bien discerner les traits de cette personne, qui avait l'allure jeune. Celle-ci vit la barque et se prépara à l'observer avec son télescope. Mac Pherson se dissimula aussitôt derrière la voile, tout en causant avec Mac Culloden.

« Eh bien, vieux, êtes-vous rassuré ? Tenez, prenez la jumelle, vous verrez que c'est bien une femme et non un spectre. »

Mac Culloden prit l'instrument et regarda également.

« Ce doit être la vieille comtesse, dit-il, il me semble que cette personne est âgée.

— C'est un peu loin pour bien voir, pouvons-nous nous rapprocher davantage ?

— Si cela peut vous faire plaisir, mais faites attention et prenez la barre pendant que je dispose la voile, il ne faudrait pas nous échouer sur les îlots, et je ne tiens pas à m'aventurer dans le chenal et le port de Mr. Trevensdale, il n'aime pas cela, à ce qu'il paraît. »

L'embarcation s'approcha jusqu'au pied de la falaise et Mac Pherson, qu[i] dissimulait sa figure et sa jumelle avec les bords de son chapeau, put voir qu'en effet la femme qui regardait avec atten[-]tion les manœuvres de la barque, étai[t] vieille. C'était donc la comtesse suédoise dont avait parlé Dick.

Mac Culloden s'éloigna de la côte et bientôt, grâce au vent qui devenait plus fort avec le déclin du jour, le château s'estompa dans la distance.

Mac Pherson semblait avoir complète[-]ment oublié qu'il était venu pêcher. Au lieu d'aider son ami le pêcheur, il se te[-]nait assis à l'arrière, les yeux à demi fer[-]més, le menton appuyé sur une de ses mains.

« Vous dormez, master Mac Pherson dit tout à coup le marin, voici cepen[-]dant la nuit qui arrive, c'est le momen[t] de jeter les filets et je crois être au bo[n] endroit. »

Mac Pherson, ainsi rappelé à l'ordre sortit de sa songerie et aida le digne pê[-]cheur à mouiller ses filets. Quand l'opé[-]ration fut terminée, ils allumèrent tous deux une pipe, laissant le bateau déri[-]ver sous l'action du vent et tendre peu à peu les filets dont les flottes marquèren[t] une ligne courbe.

Le ciel s'assombrissait et lentement la nuit s'étendit sur la mer calme. Le fana[l] de la barque ne donnait qu'une faible lueur, indiquant seulement sa position Les heures s'écoulaient. Mac Pherso[n] s'était assoupi au bercement léger de l'em[-]barcation. Il fut réveillé brusquement pa[r] une secousse et un juron sonore de Ma[c] Culloden.

« Qu'y a-t-il donc ?

— Il y a, il y a, s'écria le pêcheur fu[-]rieux, qu'une des attaches du filet vien[t] de se rompre et qu'il faut que nous allions à sa recherche.

— Comment cela a-t-il pu se faire ?

— Je n'en sais rien ; je me demande même comment nous n'avons pas cha[-]viré. La corde devait être un peu usée et a cédé.

— Le filet a dû s'accrocher à une roche quelconque.

— Je connais l'endroit ; il n'y a pa[s] ici de hauts fonds ; la mer est profonde de plus de cent yards ; s'il y avait des requins, je pourrais croire que nous en avons pris un, mais je ne crois pas qu'on en ait signalé souvent.

— C'est peut-être un marsouin ?

— Je l'aurais vu et entendu. Ces bêtes-là sautent au-dessus de la mer comme, dans les guérets, des cabris en gaieté. »

Les deux hommes allumèrent un autre fanal et tâchèrent de faire route arrière pour retrouver les flottes en liège qui soutenaient le filet, mais, par suite de l'obscurité et du peu de luminosité des fanaux, ils ne purent rien voir. Mac Culloden jurait tout ce qu'il pouvait, lorsque, tout à coup, une projection intense vint illuminer la surface de la mer et éclaira la barque. Cette lumière ne dura qu'un instant, mais cela suffit au pêcheur pour apercevoir, non loin de l'embarcation, les flottes qu'il cherchait. Quelques minutes après, Mac Culloden reprenait possession de son filet qu'il hala à son bord pour voir s'il y avait des avaries. Il eut beau appeler à son aide Mac Pherson, celui-ci ne répondait pas.

« Que diantre, dit le pêcheur en colère, ne pourriez-vous pas m'aider !

— Attendez un instant, Mac Culloden, regardez avec moi les fenêtres du château. On dirait qu'à l'une d'elles on fait des signaux. Regardez ces alternances de lumière.

— En effet, dit le marin, mais je ne comprends rien à ces signaux.

— C'est l'alphabet Morse, très probablement. Je vais noter et tâcher de comprendre. »

Il commençait à peine ce travail que les signaux s'arrêtèrent.

« Dommage, dit Mac Pherson, j'avais pu comprendre deux ou trois mots, mais ils ne disent pas grand'chose. A qui pouvaient-ils s'adresser ? Tiens, qu'est ceci maintenant ? »

Entre eux et la côte une lueur verdâtre faisait briller la mer, mais cette phosphorescence ne provenait pas comme tout à l'heure d'une projection électrique, elle semblait émaner de la mer elle-même. Elle s'éteignit pour reparaître peu après à un autre endroit plus rapproché de la côte.

« Curieux, dit Mac Culloden qui, du coup, avait arrêté le halage du filet, je n'a jamais vu cela par ici. J'ai aperçu sous les tropiques toute la mer illuminée, et on m'avait expliqué que c'était un tas de petits animaux qui brillaient dans la mer comme dans nos champs, en été, les vers luisants. Mais ici, c'est la première fois, et puis cela ne changeait pas tout le temps de place et ne s'éteignait pas comme cette lueur.

— Regardez mieux, Mac Culloden, et dites-moi si vous n'apercevez pas un point noir qui se meut et laisse après lui un petit sillage ?

— Un périscope, s'exclama le pêcheur.

— Oui, c'est probablement le sous-marin qui a arraché votre filet. Il est heureux pour lui qu'il n'ait pas immobilisé son hélice dans les mailles, il n'a même pas dû s'apercevoir du choc. Où peut-il aller comme cela ? »

Les deux hommes regardaient avec intérêt les évolutions du sous-marin qui se rapprochait de la côte, puis la phosphorescence disparut. Quelques secondes après, deux lumières se montrèrent, écartées l'une de l'autre d'un espace que la distance ne permit pas de mesurer.

« Je vois maintenant, dit Mac Culloden ; ces lumières se trouvent près d'un des chenaux qui donnent accès au petit port de Mr. Trevensdale. C'est là que doit se rendre ce sous-marin de malheur.

— Pourriez-vous entrer dans ce port ?

— Oh oui, par l'un ou l'autre des chenaux, mais Mr. Trevensdale l'a expressément défendu.

— D'abord, Mac Culloden, Mr. Trevensdale peut avoir la propriété de la terre, il n'a pas celle de la mer. Nous avons le droit d'y aller, pourvu que nous ne débarquions pas.

— Oui, peut-être, mais il ferait du raffut, et il a le bras long.

— Vous en avez peur, vous, un vieux dur à cuire !

— Peur ! non, mais...

— Mais, mon vieux Mac Culloden, vous ne voudriez pas avoir d'histoire ; eh bien, conduisez-moi seulement derrière la dernière île qui bouche l'entrée, dans le petit chenal du Nord ; la nuit est très noire, on ne nous verra pas et nous, peut-être que nous verrons quelque chose.

— Qu'est-ce que nous verrons ? Le sous-marin ?

— Peut-être autre chose. Allons, Mac Culloden, c'est un service que je vous demande.

— Et mon filet, et ma pêche ?

— Votre pêche est bien aventurée avec l'avarie de votre filet, nous allons le hisser de suite. »

Sans attendre la réponse, Mac Pherson se mit fébrilement au travail. Une demi-heure après, le filet était roulé dans le fond du bateau, avec quelques douzaines de harengs qui frétillaient dans les corbeilles.

Tout en bougonnant, le marin abattit la voilure et le mât, et disposa sur les taquets deux rames qu'il confia à Mac Pherson en lui disant :

« Souquez ferme. Je prends la barre. Avec la voile, la moindre projection nous ferait apercevoir, et je ne pourrais pas dissimuler mon bateau derrière la côte de la petite île ; de plus, nous irons plus vite. Dommage que Smith ne soit pas ici, il nous ferait voler sur l'eau, bien que vous ne vous en tiriez pas mal ! »

Mac Pherson n'avait peut-être pas la vigueur de son associé, mais il était expert en canotage, et la barque avançait rapidement. Les îles qui masquaient le petit hâvre furent dépassées promptement, et Mac Culloden, longeant la côte au plus près, pour se protéger des projections indiscrètes, prit par le chenal entre la deuxième île et le rivage. Aucune lumière ne s'y étant montrée, il arrêta le bateau près de la falaise.

« Pouvez-vous m'attendre ici ? demanda Mac Pherson. Si je peux débarquer sur la plage, je tâcherai de m'avancer dans le fond de l'estuaire. »

Sans rien dire, Mac Culloden dirigea la barque encore plus près et, avec une de ses rames, mesura la profondeur de l'eau. Quand il n'y eut plus que quelques centimètres sous la quille, il dit à son compagnon :

« Débarquez ici, la mer descend encore et vous pourrez aller sur la petite plage en bas de la falaise, mais, méfiez-vous, dans une heure le flot va remonter, et il y a, en face de l'embarcadère du yacht, à cinq cents yards d'ici, un endroit où l'eau baigne constamment la base de la falaise. Si vous tardez un peu, ne dépassez pas ce point. Vous n'auriez plus pied et il y a des crevasses dangereuses entre les rochers.

— Rassurez-vous, mon bon ami, je sais nager. Vous pourrez demander à Smith, nous avons fait ensemble une petite expédition à la nage, dont il se souvient bien.

— Allons, tant mieux, dit le brave homme, mais ne vous attardez pas trop. Je suis un peu inquiet de cette équipée. Je me demande du reste en quoi tout cela peut vous intéresser ?

— Je suis très curieux, Mac Culloden, et puis ce sous-marin, ces signaux, cela me semble louche.

— Je ne dis pas, pendant la guerre, mais maintenant... ! »

Sans prolonger la discussion, Mac Pherson, les pieds nus, s'éloigna sur le sable fin. En quelques minutes, il arriva à l'extrémité de la plage, limitée par un promontoire rocheux que le flot battait doucement. Il essaya de le contourner, mais, comme le lui avait dit Mac Culloden, l'eau devenait rapidement profonde et, aux endroits où il pouvait y avoir pied, il y avait des anfractuosités traîtresses et dangereuses.

Mac Pherson essaya de grimper sur la falaise. L'escarpement était tel et l'obscurité si profonde qu'il y renonça.

« D'où je suis, se dit-il, je pourrai peut-être voir ce qui se passe de l'autre côté, pour peu qu'on y fasse de la lumière. »

La nuit n'était percée d'aucune lueur, nul bruit que le clapotis léger de l'eau sur les rochers et le sable. Mac Pherson attendit ainsi très longtemps, et il commençait à songer au retour, quand il vit tout à coup la lueur phosphorescente apparaître de l'autre côté de la baie, juste en face de lui, puis deux lumières rapprochées de quelques mètres. Malgré cela, aucun bruit ne se percevait. Brusquement, tout s'éteignit pour faire place à une lueur intense projetée d'une des fenêtres du château sur la falaise. Mac Pherson n'eut que le temps de se jeter à plat ventre sur le sable, derrière un rocher, pour n'être pas trahi par l'éclairage brusque.

« Quel diable de manigance font-ils donc là-haut, bougonna-t-il, on dirait vraiment qu'ils cherchent à surveiller si on les espionne. Ils n'ont pas tort, du reste, puisque c'est ce que je fais. »

La projection balayait toutes les sinuosités de la baie, mais d'où elle partait, elle ne pouvait découvrir la barque, et Mac Pherson ne put que louer la prudence du pêcheur qui n'avait pas voulu franchir le chenal.

Il attendait pour se lever que l'illumination prît fin, lorsqu'il entendit très nettement une voix étouffée qui criait en français :

« Au secours, je me noie ! »

D'un bond, Mac Pherson se leva. Le promontoire se trouvait, heureusement, dans l'ombre, et la voix venait de l'autre côté de la pointe. Le jeune homme n'hésita pas, il se jeta résolument dans l'eau et, en quelques brasses, dépassa les roches qui baignaient dans la mer profonde. Levant la tête au-dessus de la surface de l'eau, il vit confusément une personne qui se débattait. Il arriva à temps pour l'empêcher de couler définitivement. Lui soulevant la tête sur son bras, Mac Pherson vint à l'endroit qu'il avait quitté et, tout haletant de l'effort donné, déposa sur le sable le corps inanimé d'une femme. Sans hésiter et avec une habileté remarquable, il lui donna des soins énergiques : tractions de la langue, frictions sur les bras, les jambes, le corps. Pendant qu'il ranimait celle qu'il avait sauvée, il ne put s'empêcher de jeter cette exclamation :

« Pourvu que ce ne soit pas la soi-disant comtesse! du reste, je vais bien voir. »

Il passa sa main sur le cou, cherchant probablement une marque quelconque qui devait le renseigner.

« Non, ce n'est pas la comtesse, je suis plus tranquille. »

La noyée, reprenant peu à peu connaissance, poussa un long soupir, chercha à se relever et retomba sur le sable.

« Qu'ai-je donc ? dit-elle en français, comme ne se souvenant plus de son accident, je suis tout étourdie. »

Mac Pherson devait bien parler français, car il dit à la jeune femme :

« Restez tranquille un moment, vous avez failli vous noyer et j'ai eu le bonheur de vous empêcher de couler. »

La jeune femme essaya de s'asseoir et, après quelques efforts, réussit à se soulever.

« Je vous dois la vie, monsieur, comment vous remercier?

— Ne me remerciez pas, mais songeons au plus pressé. Tous les deux, nous sommes trempés et nous n'avons qu'un moyen de nous réchauffer : c'est de marcher et de rejoindre la barque qui m'attend. Une bonne couverture, un peu d'eau-de-vie vous ranimeront avant de revenir au port d'Eribol. Quand vous serez séchée et d'aplomb, vous rentrerez chez vous. Prenez mon bras et suivons la plage. »

Sans mot dire, l'inconnue s'appuya sur le bras de son sauveur et, sans encombre, ils gagnèrent la barque où Mac Culloden attendait. Le vieux marin fut passablement étonné en voyant la jeune miss qui accompagnait Mac Pherson, mais celui-ci lui dit :

« Vous voyez, Mac Culloden, ma pêche a été plus fructueuse que la vôtre et j'ai trouvé, ce soir, bien autre chose que ce que je cherchais. »

MAC PHERSON DÉPOSA LA JEUNE FILLE SUR LE SABLE

CHAPITRE VII

OU MAC PHERSON S'APERÇOIT QUE SON AUBERGE EST VERITABLEMENT HANTEE

Sans plus chercher à éclaircir le mystère du sous-marin qui paraissait vouloir aborder clandestinement, Mac Pherson et son compagnon ne songèrent plus qu'à rentrer au plus vite au loch Eribol. Ils étendirent la jeune femme si miraculeusement sauvée sur des voiles pliées. Elle paraissait être tombée dans un assoupissement qui ressemblait presque à du coma. A la lueur confuse de la lune, Mac Pherson regardait le pâle visage de la jeune fille, et, de temps en temps, par de nouvelles frictions énergiques sur les bras et les jambes, essayait de rétablir la circulation et de la sortir de sa torpeur. Pendant ce temps, le vieux pêcheur faisait force de rames en bougonnant selon son habitude.

« Bah! dit-il philosophiquement à Mac Pherson qui manifestait son inquiétude, les femmes, c'est comme les chats, on a toutes les peines du monde à les noyer. Un matelot y aurait laissé sa peau, ce petit brimborion de rien du tout, qui a l'air d'un sylphe, vous allez voir, dans deux heures d'ici, quand elle sera séchée et réchauffée, elle ne demandera qu'à se trotter.

— Dieu vous entende, Mac Culloden, j'aurais véritablement du chagrin de voir cette enfant, car elle est encore toute jeune, succomber ou être malade des suites de cet accident. »

Arrivés dans le port de pêche, les deux hommes transportèrent la jeune fille dans la petite maisonnette que des générations de Mac Culloden avaient habitée. Le vieux marin, veuf depuis des années, occupé la nuit à pêcher, le jour à dormir et à réparer ses filets, n'avait pas l'habitude de faire son ménage souvent, aussi l'intérieur de l'habitation ressemblait plutôt à un taudis qu'à autre chose. Le lit était un ramassis de vieilles toiles à voile sur lesquelles le matelot se jetait tout habillé pour dormir.

« Dame, dit-il en voyant l'hésitation de Mac Pherson à déposer la jeune fille sur la couche fleurant le vieux culot de pipe et le poisson, ce n'est pas un palais chez moi. Attendez-moi un instant, je vais chercher la vieille Lucie, ma voisine, elle s'entendra mieux que nous à soigner cette demoiselle et elle apportera des draps propres. Pendant ce temps, faites un peu de feu. »

Mac Pherson chercha de quoi faire une flambée dans l'âtre froid. Il ne trouva que du varech séché et un monceau de bruyères. C'est avec cela que Mac Culloden chauffait sa maison et faisait cuire ses aliments. Heureusement, la cheminée tirait bien et, bientôt, un feu clair et crépitant éclaira la pièce, y jetant un peu de gaieté, mais dévoilant d'une façon plus crue la saleté qui mettait sa lèpre sur les murs. Déjà l'humidité froide se dissipait mais la jeune fille frissonnait sous ses vêtements mouillés. Elle n'avait pas encore repris connaissance et Mac Pherson trépignait d'impatience en voyant le temps s'écouler sans voir revenir Mac Culloden et sa voisine.

Enfin, la malade commençait à s'agiter. L'aubergiste avisa sur une table une bouteille de whisky et un verre qui ne lui parut pas trop sale. Il mit quelques gouttes d'alcool sur les lèvres de la jeune fille qui ouvrit les yeux, puis les referma. Enfin, elle demanda, en anglais, cette fois :

« Où m'avez-vous donc transportée ?

— Chez le pêcheur propriétaire de la barque où je vous ai conduite. »

La lueur du feu et de la lampe fumeuse permit à la malade de regarder son lieu d'asile. Elle se leva brusquement.

« Comme c'est sombre, comme c'est sale ! Partons, monsieur, je ne veux pas rester ici, je veux m'en aller, il faut que je rentre.

— Calmez-vous, mademoiselle, il faut d'abord vous sécher. On va venir apporter ce qu'il faut.

— Je ne peux pas attendre, il ne faut pas qu'on s'aperçoive, au château, que je suis sortie.

— Mais comment allez-vous rentrer ? A cette heure, la porte du parc est fermée et celles du château doivent l'être également.

— Quelle heure est-il donc ? »

Mac Pherson tira sa montre, mais l'immersion dans l'eau lui avait été fatale et elle s'était arrêtée.

De plus en plus affolée, la jeune fille se dirigea vers la porte, Mac Pherson s'y opposa :

« Je me charge, mademoiselle, de vous faire entrer dans le parc si, toutefois, vous ne craignez pas les chiens de garde.

— Ils ne me diront rien, ils me connaissent bien maintenant.

— Pour rentrer au château, je ne peux vous être utile. »

La jeune fille secoua la tête et dit :

« L'important, pour moi, c'est de rentrer dans l'enceinte du parc. Pour le reste, si la porte est fermée, je pourrai toujours raconter quelque chose.

— Eh bien! rassurez-vous. Tenez, voici une femme qui va vous aider, et, pendant que vos vêtements se sécheront devant le feu, vous vous réchaufferez également. Je vais aller, avec Mac Culloden, faire un tour au clair de lune. »

La jeune fille s'aperçut alors que son sauveur était tout trempé.

« Mais vous allez attraper froid ! Mettez-vous près du feu avec moi, je peux rester ainsi, mes vêtements sécheront sur moi.

— Ne vous inquiétez pas, mademoiselle, j'en ai vu bien d'autres et je n'en suis pas mort. L'air du large va me sécher aussi vite que le feu. Mme Lucie va vous préparer une boisson chaude et quand nous reviendrons, tout à l'heure, vous chercher, nous prendrons également un grog. »

Séchés, chauffés, réconfortés, Mac Pherson et la jeune fille, qui s'était présentée comme étant la secrétaire de la comtesse de Swedenborghen, quittèrent la maison de Mac Culloden. Les deux jeunes gens firent tout d'abord route silencieuse, puis, brusquement, Mac Pherson dit à sa compagne :

« Vous parlez donc le français? »

Etonnée, miss Bruce répondit :

« Mais oui, comment le savez-vous?

— Quand vous avez appelé au secours, c'est en français que vous l'avez fait, et quand, sur la grève, vous avez repris connaissance, c'est encore en français que vous m'avez parlé. »

Sans paraître embarrassée, miss Bruce répondit :

« Ce n'est pas étonnant, toute ma première jeunesse s'est passée à Genève et en France, mais vous-même, puisque vous m'avez comprise et répondu, vous le parlez aussi?

— Oh! moi, je l'ai appris au Canada, et je me suis perfectionné en France, pendant la guerre. »

Ils firent encore quelques pas en silence, puis Mac Pherson reprit :

« Comment votre accident est-il arrivé? »

D'un air insouciant, la jeune fille répondit :

« L'air doux et la beauté de la nuit m'avaient incitée à sortir. J'ai eu l'imprudence de me pencher au-dessus d'un roc que je croyais solide et il s'est effondré, et moi avec, dans l'eau profonde à cet endroit. Mais comment se fait-il que vous-même, vous vous soyez trouvé juste à point pour me sauver d'une mort certaine? Vous en ai-je remercié? J'ai été tellement secouée que mes idées ne me reviennent que peu à peu. J'ai accepté votre dévouement, votre bonté comme chose toute naturelle, et, cependant, vous ne me connaissez pas plus, du reste, que je ne vous connais.

— Je n'avais pas besoin de cela pour vous porter secours. J'ai entendu appeler à l'aide, j'ai nagé dans la direction de votre voix, quoi de plus naturel?

— Pour vous, peut-être, mais saurai-je le nom de mon sauveur?

— Oh! nous sommes voisins. C'est moi qui tiens l'auberge du Cheval-Blanc, tout à fait au bas du château, et c'est de chez moi que vous allez rentrer dans le parc. »

La jeune fille fit un mouvement d'étonnement que l'obscurité masqua à l'aubergiste, mais ce fut d'un ton presque indifférent qu'elle demanda :

« Vous avez donc une porte de communication?

— Oh non, mais un mur n'est pas infranchissable, et, avec une échelle, c'est un jeu d'enfant.

— Puisque vous êtes le propriétaire de l'auberge, vous êtes Mr. Mac Pherson ?

— Oui, miss Bruce.

— Votre domestique s'appelle Smith, un colosse?

— Smith n'est pas mon domestique; c'est un ami. Pendant la guerre, il m'a sauvé la vie, je lui ai rendu la pareille; nous nous aimons en frères, nous nous aidons. Comme j'étais officier et lui sergent, il me traite en supérieur, il n'y a rien de plus. »

Mac Pherson ne remarquait pas les yeux intéressés que la jeune fille fixait sur lui pendant qu'il parlait. Elle lui demanda seulement :

« Vous avez fait toute la guerre?

— Oui, dès le début, je me suis engagé et, comme j'avais un peu d'instruction, j'ai été nommé officier.

— Pourquoi vous êtes-vous engagé? Vous étiez au Canada, rien ne vous y forçait.

— Je suis d'humeur un peu aventureuse, et puis, je n'aime pas les Allemands. Tenez, mademoiselle, voici mon auberge. »

La vieille maison était, en effet, devant eux. Tout était sombre et silencieux. A leur approche, un chien sortit de sa niche en aboyant, mais en reconnaissant son maître, ses cris furieux se changèrent en petits gémissements de joie.

« C'est un bon gardien, dit Mac Pherson, personne ne peut entrer chez moi la nuit. N'ayez crainte, il ne vous dira plus rien. »

Suivi de miss Bruce, l'aubergiste tourna autour des bâtiments, prit une échelle, l'appliqua contre le mur et monta prestement sur le faîte. La jeune fille l'entendit frapper et faire tomber quelques débris.

« Voici, c'est fait, vous pouvez monter. »

Agile, miss Bruce arriva près de lui.

« J'ai cassé quelques tessons de bouteille qui hérissent l'arête de ce mur, vous auriez pu vous blesser. La muraille est large, asseyez-vous pendant que je vais tirer l'échelle et la mettre de l'autre côté, vous n'aurez plus qu'à descendre et vous serez chez vous. »

Trois heures sonnaient à l'horloge du château quand miss Bruce se trouva dans le parc, au pied du rempart.

« Merci, Mr. Mac Pherson. Je ne peux vous montrer toute ma reconnaissance, mais je vous assure qu'elle est profonde. »

La jeune fille disparut sous le couvert épais des chênes tandis que Mac Pherson, retirant son échelle, s'apprêta à regagner sa chambre et son lit. Arrêté devant la porte du bâtiment, il resta stupéfait. D'où il était, il voyait la façade sombre de l'auberge se profiler sur le ciel plus clair. La vieille tour où se trouvait sa chambre surmontait de sa masse la remise qui s'avançait jusqu'au bord de la route. La fenêtre se trouvait juste au-dessus du toit de la remise. Celle de la pièce contiguë où logeait Smith se trouvait au-dessus de la porte donnant sur la cour. Smith devait dormir consciencieusement. Il n'attendait sa rentrée que dans la matinée, et, cependant, de temps en temps, une lumière faible passait devant l'une ou l'autre des fenêtres des deux chambres.

« Qu'est-ce que cela veut dire ? se dit Mac Pherson, est-ce que par hasard Smith serait malade? »

Il s'approcha de la porte et mit la clef dans la serrure. A ce moment, il recula encore pour regarder. Il aperçut un rais de lumière qui éclairait vaguement le toit de la remise. Cette lueur venait de sa chambre. Pour se rendre compte, il s'éloigna davantage et vit distinctement, dans le fond de la pièce, une forme d'une couleur verdâtre qui semblait s'enfoncer dans le mur et disparut subitement.

« C'est par trop fort, se dit Mac Pherson, si je n'ai pas la berlue, ma maison est hantée, car mon brave ami possède une carrure autrement imposante que celle de cette ombre qui va et vient dans ma maison avec une lampe. Ce serait-il le fameux fantôme vert de Mac Culloden ? »

Il se précipita dans l'escalier et, comme une trombe, ouvrit la porte de Smith. Celui-ci ronflait à en faire vibrer ses vitres. Mac Pherson, le laissant à son sonore sommeil, entra dans sa chambre en allumant vivement une bougie qu'il avait préparée avant de partir. Il inspecta minutieusement la pièce, examinant surtout le mur du fond; il était lisse, sans aucune trace d'ouverture. Il frappa la paroi, le plancher, aucune sonorité décelant une cavité.

« J'ai cependant bien vu une ombre disparaître par ici, se dit-il, songeur. Le mur éclairé par la lampe qu'elle portait lui a livré passage, puisqu'elle a disparu subitement, comme si elle tombait dans une trappe. En dessous, c'est un cellier que j'ai maintes fois exploré; plus loin, c'est la remise qui est séparée du mur de la tour par un passage large d'au moins deux mètres. Je vais réveiller mon infernal dormeur, mais il n'a dû rien voir ni rien entendre. »

Avec beaucoup de peine, le colosse consentit à ouvrir un œil, puis, d'un ton plus qu'engourdi :

« C'est déjà vous, patron ?
— Tu n'as rien vu? Rien entendu?
— Entendu quoi? »
Smith, avec une bonne volonté évidente, mais sans grand succès, tellement il était endormi, essaya de se lever, il retomba à moitié sur son matelas, se frottant les yeux, bâillant avec de longs et profonds soupirs. Mac Pherson attendit qu'il eût repris ses idées, étonné de la difficulté inaccoutumée de ce réveil. Il lui raconta l'aventure de la nuit et ce qu'il avait vu en rentrant.
Smith, du coup, fut réveillé tout à fait.
« Mais alors, patron, le vieux Mac Culloden avait raison quand il nous disait qu'il y avait des fantômes dans cette maison.
— Oh! des fantômes qui se servent de lumière, ce sont des fantômes en chair et en os. Ce qui est mystérieux, c'est l'ouverture par laquelle ce soi-disant fantôme pénètre chez nous, et surtout ce qu'il vient chercher ici.
— Peut-être que c'est...
— C'est sûrement elle.
— Elle vous aura reconnu!
— Je ne pense pas, mais, hier, du haut du donjon, elle inspectait la mer, elle attendait certainement le sous-marin qui a failli nous faire chavirer cette nuit. J'ai eu bien soin de ne pas faire voir ma figure, bien que je l'aie un peu changée, mais cette femme est si fine, si perspicace, si défiante que je ne veux rien laisser au hasard. Il y a aussi sa secrétaire, cette miss Bruce. Elle est évidemment bien sympathique et je ne crois pas qu'elle soit complice de cette soi-disant comtesse; elle aussi était d'apparence si naïve et si loyale que je me suis laissé prendre. Dans notre situation, il faut toujours tout craindre. Si miss Bruce est complice de sa maîtresse, la description qu'elle pourra lui faire de moi ne correspondra pas à l'image de celui qu'elle a si bien connu et prétendu aimer.
— Pour cela, patron, je crois bien qu'elle vous aimait véritablement.
— Alors, elle déshonorait l'amour. Son dernier stratagème de m'écrire qu'elle allait se tuer pour m'apitoyer est indigne d'une femme vraiment aimante. Les seuls sentiments sincères que je lui connaisse, ce sont l'amour et l'orgueil de sa patrie. »
Smith se tut un instant, puis :
« Quelle est donc cette miss Bruce, sa secrétaire ? Ne craignez-vous pas, patron,

MAC PHERSON BRISA LES TESSONS DE BOUTEILLE QUI GARNISSAIENT LA CRÊTE DU MUR.

que cette personne ne nous cause des ennuis en disant comment vous lui avez fait sauter le mur?

— Bah! nous verrons bien, mais je crois qu'elle ne s'en vantera pas. Elle avait l'air si inquiet de savoir si elle pourrait rentrer sans être aperçue. Que faisait-elle, du reste, à épier dans la nuit les allées et venues du sous-marin dans le petit port? A cause d'elle je n'ai pu voir ce qui se passait et je serais curieux de savoir ce qu'il venait faire. Chaque jour apporte un mystère de plus à cette énigme. A force de patience, nous finirons bien par la déchiffrer complètement.

— Alors, nous repartirons, s'exclama Smith, ce ne sera pas trop tôt; je me fais vieux dans ce patelin. »

Mac Pherson sourit.

« Je serai aussi content que toi de m'en aller, dit-il, mais le devoir avant tout. J'ai promis des renseignements certains et je les fournirai. »

CHAPITRE VIII

OU MAC PHERSON MONTRE UNE CURIOSITE FRISANT L'INDISCRETION

Depuis le soir où Mac Pherson avait vu une ombre se promener dans sa chambre il ne tenait plus en place. Les différents mystères qui s'étaient posés devant lui cette même nuit l'obsédaient.

« A quelle heure aujourd'hui la marée basse? » demanda-t-il brusquement à Smith.

Smith alla regarder un agenda maritime et annonça :

« Aujourd'hui, 17 mai, marée basse à 23 h. 12.

— Parfait, dit Mac Pherson, comme c'est nouvelle lune, la nuit sera tout à fait noire. Lowe est venu hier, il ne viendra donc pas aujourd'hui. A ce sujet, as-tu remarqué ce que je t'ai dit?

— Oui, patron, il m'a bien semblé que le camion était moins lourd en sortant qu'en rentrant, mais il nous faudrait peser la voiture avant et après pour être certain.

— Tâche de voir et de marquer le plus ou moins grand fléchissement des ressorts. Tu auras ainsi un indice certain.

— Tiens, c'est vrai, je n'y avais pas songé.

— Cette nuit, tu vas rester seul à l'auberge. Si on me demande, tu diras que je suis allé pêcher avec Mac Culloden. Tu veilleras du côté de ma chambre s'il ne s'y passe rien de suspect. Installe une clochette à ta porte de communication pour te réveiller dans le cas où l'on voudrait entrer. S'il vient quelqu'un ou quelqu'une, fantôme ou non, homme ou femme, saute dessus, mais ne l'assomme pas et arrange-toi pour qu'il n'y ait pas de bruit. A mon retour, je l'interrogerai.

— Bien, patron.

— Si je ne suis pas rentré demain matin, ne t'inquiète pas, mais, à partir de demain soir, méfie-toi, verrouille tout et si, après-demain, je ne suis pas rentré et ne t'ai pas donné signe de vie, prends les papiers que tu connais et file au plus vite prévenir qui tu sais. C'est compris?

— Oui, patron, » répondit Smith, tout ému à l'idée que son ami allait s'exposer seul au danger.

Le soir, vers huit heures, Mac Pherson alla trouver son ami Mac Culloden et lui emprunta un léger canot qui servait au pêcheur à traverser le loch Eribol. Cette barque n'aurait pu servir à aller au large par une mer un peu houleuse, mais, depuis quelques jours, le temps était superbe et la mer des plus calmes. Mac Culloden ne fit aucune objection et l'aubergiste s'éloigna rapidement vers le Nord.

La distance étant assez considérable, il fallut bien deux heures à l'aubergiste pour arriver à la hauteur des îlots qui défendaient l'entrée du golfe des vagues du large. Comme l'avait pensé et calculé Mac Pherson, le soleil avait disparu depuis quelque temps derrière l'horizon et l'obscurité était complète quand la barque déboucha dans la zone interdite par la volonté de Mr. Trevensdale. Aucune lueur ne se montrait; les projections, si gênantes et si dangereuses l'autre soir, n'éclairaient plus la côte et l'entrée de la grotte n'était pas signalée par la lumière des ampoules.

« Evidemment, se dit Mac Pherson, on

ne peut m'apercevoir, mais cela va être difficile de trouver l'entrée de cette grotte. Quand je serai sous la falaise, je pourrai me risquer à donner un peu de lumière ; mais auparavant, impossible. »

Sur mer, quand le ciel est étoilé, la nuit n'est jamais absolument opaque, Aussi Mac Pherson n'eut pas trop de difficulté à atteindre le bas de la côte sur laquelle le château était construit. La mer, en baissant, laissait à sec le sable et, à plusieurs reprises, le léger canot alla s'échouer sur la grève. Heureusement, Mac Pherson put le désensabler. Contournant les différentes sinuosités du rivage, l'Écossais put enfin pénétrer dans le chenal qui s'engageait sous le porche rocheux.

Ici, l'obscurité était complète et une des rames de Mac Pherson faillit se briser en s'engravant profondément dans le sable que le reflux laissait à découvert. Il s'arrêta et fixa à l'avant du canot une lampe électrique qui lui servit de fanal.

« Masquée par moi et le reste de la barque, la lueur ne pourra être perçue au dehors, et ce serait bien un malheureux hasard qu'il y eût quelqu'un pour la voir. »

Se fiant à sa bonne étoile, il s'avança dans la grotte. La voûte s'abaissait peu à peu, mais le chenal laissé entre les deux berges sablonneuses paraissait toujours aussi large, une quinzaine de mètres environ. Le bruit léger des rames s'amplifiait par un écho sonore, aussi le rameur prit-il toutes sortes de précautions pour éviter le choc de ses avirons contre la surface de l'eau.

De temps en temps, Mac Pherson s'arrêtait, écoutait. N'entendant rien, il continua sa route, non sans avoir cherché à voir quelle profondeur le chenal pouvait avoir. Il ne put en juger. La lueur trop faible de sa lampe ne pouvait percer l'épaisseur de l'eau.

La voûte s'abaissait sensiblement. Des varechs et des herbes marines pendaient, montrant que la mer atteignait le roc d'une façon régulière. Mac Pherson désespéra d'aller plus loin. C'était à peine si, en se courbant, il pouvait passer et il lui semblait que, plus loin, le roc de la voûte et la mer se rejoignaient presque. Au moment où il allait reculer, sa tête touchant le plafond, brusquement la voûte s'éleva, le chenal s'élargit et, s'éclairant avec sa lampe, Mac Pherson vit qu'il se trouvait dans une lagune fort vaste. Sur le côté droit de ce lac souterrain, un quai long et large avait été taillé dans le roc et maçonné. Mac Pherson amarra sa barque à un anneau de fer dont le brillant lui montra qu'il servait souvent. Sur le quai, il aperçut les piliers métalliques d'un monte-charge dont le plateau devait être remonté, car, au-dessus de sa tête, il vit l'ouverture béante. Le quai s'arrêtait à pic sur les flots. Pour continuer son intéressante exploration, Mac Pherson reprit son canot et se dirigea vers le fond où se dressait une colonnade de stalactites, pressées les unes contre les autres, et ce fut à peine si le léger esquif put passer entre elles. Mac Pherson se décida à reprendre le chemin du retour, mais quand il voulut passer, la mer remontante avait recouvert la voussure du tunnel. Mac Pherson était prisonnier dans la caverne sous-marine !

« J'ai bien fait, se dit-il, de prévenir Smith. Je sortirai à l'autre marée basse. Douze heures sont bien vite passées. Mais il me faudra user de ruse et de prudence pour ne pas me faire voir, car il fera plein jour. »

Comme si cette pensée eût agi sur l'obscurité, le lac souterrain s'illumina soudain, par l'incandescence de nombreuses ampoules électriques.

« Diable! pensa l'aubergiste, si on éclaire, c'est qu'on va venir. Cachons-nous et au plus tôt. Je n'ai pas le choix. Derrière cette haie de colonnes, je serai à peu près invisible, à moins qu'on vienne m'y chercher ou qu'on soupçonne ma présence. »

Avec prestesse, il y dirigea son canot qu'il amarra solidement et, prenant pied sur une roche assez élevée pour ne pas craindre d'être submergé par le flux, il attendit.

Son attente ne fut pas longue, un bruit sourd et grinçant lui annonça la descente du monte-charge. Deux hommes s'y trouvaient, Mr. Trevensdale et Dick.

« Tiens, tiens, mais c'est Dick. Il est bien au courant des secrets de son maître, et ici, il m'a l'air beaucoup moins abruti que quand il vient tailler la bavette avec nous. Heureusement que nous ne nous sommes pas laissé tirer les vers du nez plus, du reste, que nous ne lui en avons tirés. Qui donc est avec lui ? Ce doit être Mr. Trevensdale, d'après la description qu'on m'en a faite... »

Un grincement strident interrompit les pensées de Mac Pherson qui s'écarquilla les yeux pour mieux voir. Le plateau du monte-charge était rempli de fusils, de revolvers, de mitrailleuses amoncelés que les deux hommes s'empressèrent de décharger et d'empiler sur le quai.

« Que veulent-ils faire de cet arsenal? se demanda Mac Pherson.

— Vous avez bien mis tous les échantillons d'armes pour qu'on n'ait plus qu'à descendre les caisses si le général est satisfait? »

D'un ton cassant et impoli, le domestique répondit :

« Vous pensez bien, Mr. Trevensdale, que je n'ai rien oublié. »

Presque obséquieux, le maître reprit :

« Est-ce que vous savez combien il y a de caisses là-haut?

— Une centaine, mais Lowe doit en apporter tous les deux jours.

— C'est bien cela, dit Mac Pherson, Lowe débarque les caisses dans la remise et on les transporte ici. Dire que je n'ai pu trouver l'ouverture secrète! Il ne sera cependant pas dit que je serai battu par ces Boches. Ils ont parlé d'un général. Par où va-t-il venir?

— A quelle heure, la haute mer?

— Vers cinq heures. »

Trevensdale regarda sa montre.

« Deux heures du matin; ils vont arriver bientôt, mais ils ne pourront repartir que la nuit prochaine, vers une heure du matin.

— De qui parlent-ils donc? se demanda Mac Pherson. Ah! je comprends! Comme l'autre soir, ils attendent la haute mer pour faire entrer le sous-marin et ils ne pourront partir que par la marée de la nuit prochaine. Me voici joli garçon si, pour sortir d'ici, il me faut attendre le bon vouloir de ces messieurs. Pourvu que je puisse m'en aller avant le moment que j'ai fixé pour me considérer comme perdu! Je n'ai que l'extrême basse mer pour filer et il ne me faut pas manquer l'heure ; autrement, c'est douze heures d'attente en plus! Ce que ce Trevensdale a mauvaise figure! Je sens en lui un adversaire terrible et capable de tout. Comme il a l'air déférent avec son domestique! »

Un carillon strident interrompit le soliloque de Mac Pherson.

« Ah! enfin! dit le châtelain, ils entrent dans le tunnel. Le sous-marin va arriver dans cinq minutes.

— Ce ne doit pas être facile, pensa Mac Pherson, de se diriger dans l'eau par cet étroit couloir ! »

Quelques minutes s'écoulèrent. Près de la voûte d'entrée, complètement submergée maintenant, un bouillonnement se produisit, une lueur verdâtre apparut et, au milieu de la lagune, un submersible émergea. Des amarres furent jetées au navire qui se rapprocha du quai. Le kiosque s'était ouvert et plusieurs marins s'occupaient de la manœuvre tandis que deux officiers, debout, attendaient le moment de débarquer. L'un était un officier de marine, l'autre, vêtu d'un costume de général d'infanterie allemand, haut de taille, la figure de bouledogue hautaine et méprisante, pleine de morgue et de dureté.

Mac Pherson retint un cri de surprise :

« Ludendorff! »

C'était, en effet, l'ancien major général des troupes impériales qui avait daigné se déranger pour converser avec Trevensdale.

« Je peux attendre ici quarante-huit heures, se dit l'aubergiste, je n'aurai pas perdu mon temps. Quel complot effroyable vais-je surprendre? »

Le général, de son pas pesant et martelé, franchit la passerelle. Il tendit la main à Trevensdale qui s'inclinait obséquieusement, tandis que Dick se tenait au port d'armes.

« Enchanté de vous rencontrer, Mr. Trevensdale, et de faire votre connaissance. Mais quel est cet homme ?

— Un ancien officier de la Garde, Ulrich von Drachen, qui a bien voulu s'associer à mon œuvre et qui, sous les traits d'un domestique, me facilite ma surveillance.

— Bien, dit Ludendorff en tendant la main au pseudo-valet, je prononcerai votre nom à l'empereur qui l'inscrira sur ses tablettes. »

Le général jeta alors sur la lagune souterraine un regard émerveillé.

« C'est une véritable trouvaille que vous avez fait là. Comment avez-vous découvert cette grotte?

— Ce n'est pas un secret, on la connaissait, mais on ne peut y accéder que par les marées basses et très difficilement; et j'ai su écarter les gens trop curieux. Pour pouvoir me servir de ce port sou-

DE L'ENDROIT OU IL S'ETAIT DISSIMULE, MAC PHERSON VOYAIT LE SOUS-MARIN OU PLUSIEURS MATELOTS S'OCCUPAIENT DE LA MANOEUVRE.

terrain, j'ai simplement fait creuser ce puits pour le monte-charge et aménager un quai de débarquement. La nature, comme aux grottes de Fingal, avait fait le reste, mais il fallait des sous-marins pour pouvoir l'utiliser.

— Vos travaux ont pu rester secrets?

— Oui, il n'y a pas eu de traître. De plus, si je soupçonne quelqu'un d'être trop au courant de nos affaires, la sécurité de notre pays et la mienne exigent sa disparition. »

Sans s'étonner de ce langage cynique, le général approuva :

« Vous êtes, je le vois, élevé à notre école. Mes félicitations! Que le Deutschland ait beaucoup de serviteurs comme vous et il deviendra rapidement *über alles.* »

Le général s'approcha des armes exposées.

« Voyons vite ces armes. Je voudrais repartir par la même marée. Je ne peux pas disparaître pendant deux jours, on me croirait assassiné. Cela ferait trop plaisir à Foch et à Pétain qui s'imaginent m'avoir battu, mais qui me craignent tout de même. Ils apprendront plus tard à me redouter encore plus. »

Plein de lui-même, le général examina soigneusement les échantillons d'armes qu'on lui soumettait.

« Ces échantillons sont parfaits, mais êtes-vous certain que la commande sera faite et livrée?

— Oh ! monsieur le général, dans les délais et même avant, si une prime est accordée.

— Toutes les primes que l'on voudra, pour ce que cela nous coûtera, dit en ricanant Ludendorff.

— La maison veut être payée en livres.

— On achètera autant de livres qu'il faudra.

« Dans huit jours, Trevensdale, j'attends votre chargement. Plus tard, l'empereur, qui remontera sur son trône, saura vous décerner la récompense méritée, le titre de baron ou de comte que j'ai demandé pour vous. »

Trevensdale rougit de joie : La noblesse était le but suprême de son ambition.

Ludendorff, après avoir serré la main d'Ulrich von Drachen, pseudo-Dick, remonta sur le pont du submersible ; le capot se referma, le sous-marin s'écarta du quai, prit la direction du tunnel et disparut sous l'eau. Quelques minutes plus tard, une sonnerie indiqua que le navire avait franchi le détroit dangereux.

« Vous préviendrez Altmann ou Oldmen, comme vous voudrez, que tout soit prêt pour transporter dans huit jours le chargement que réclame Son Excellence le général von Ludendorff. On fera l'embarquement des colis la nuit. Il faudra exercer une surveillance sévère pour qu'aucun œil indiscret ne puisse voir notre manœuvre. »

D'un air hautain, Dick s'inclina. Les deux hommes, reprenant place dans l'ascenseur, disparurent aux yeux de Mac Pherson. Une minute après, tout retombait dans l'obscurité.

« Ouf! se dit Mac Pherson, c'est le moment de quitter ces lieux enchanteurs, mais, avant de partir, faisons comme Son Excellence, examinons les armes qu'ils ont eu l'obligeance de laisser sur le quai. »

Rien ne bougeant du côté de l'ascenseur, il se risqua et vint à l'endroit où étaient rangés les échantillons des armes, il les regarda soigneusement et, voyant un modèle absolument nouveau de fusil mitrailleur, il s'en empara et le déposa dans le fond de la barque.

Ce fut seulement vers dix heures du matin que le niveau de l'eau lui permit de passer. Il fut obligé de s'étendre au fond de la barque et de la faire progresser avec ses mains en s'accrochant aux aspérités de la voûte rocheuse. Après une demi-heure de ce sport inédit, il put reprendre ses rames. Reflété par l'eau, le jour se montrait et, enfin, le porche se dessina en clarté éblouissante. Mac Pherson respira. Il lui fallait cependant ne pas se faire voir en sortant de la grotte. Passant au plus près de la paroi, il se glissa dans la baie, après avoir bien examiné si personne ne pouvait l'apercevoir. Il ne fut rassuré que lorsque, par le chenal le plus rapproché de la falaise du château, il déboucha dans la mer. Trois heures après, toutes portes fermées et à voix basse, il racontait son aventure à Smith et lui montrait son butin qu'il avait soigneusement enveloppé dans une vieille toile à voile.

....

Lorsque Trevensdale et Ulrich von Drachen furent remontés dans le sous-sol du donjon, le châtelain reprit aussitôt son air d'autorité, se tourna vers Dick et lui dit :

« Arrête les moteurs, sauf ceux pour la lumière, et préviens madame la comtesse que je l'attends dans le grand hall, comme il avait été convenu. Auparavant, vois si tout est bien clos. »

Dick vérifia la fermeture de la porte basse, rabattit les trappes qui masquaient l'orifice du monte-charge, arrêta les moteurs et monta l'escalier qui menait aux appartements. Il n'avait pas terminé son ascension que, sous les premières marches, apparut miss Jennie Bruce. La jeune fille écouta, masqua sa lumière et alla à l'endroit où Dick avait refermé la trappe de l'ascenseur. Entendant le bruit de pas dans l'escalier, elle revint précipitamment sous les marches et ne reparut plus.

Trevensdale attendait dans le grand hall la venue de la comtesse. Il semblait réfléchir profondément. Ses sourcils froncés, sa mine soucieuse indiquaient quelque contrariété.

« Déjà trois heures et demie ! La comtesse est bien longue à venir. Qu'a-t-elle à me communiquer ? »

La comtesse apparut à ce moment.

« A quoi pensez-vous donc, cher ami, le front ainsi appuyé contre la vitre ?

— A la grandeur de notre pays, Frida...

— Ne m'appelez pas ainsi, Trevensdale, il ne faut pas qu'on puisse entendre et soupçonner qui je suis.

— Qui peut nous voir et nous entendre ici ?

— Personne, c'est certain, mais nous nous sommes convenus de nous parler en particulier comme si nous étions en public ; dans notre métier, c'est de l'élémentaire prudence. »

Pendant qu'elle parlait, la comtesse se débarrassa du vaste manteau qui la recouvrait et apparut au châtelain vêtue d'un maillot vert qui moulait des formes impeccables et sveltes, étonnantes chez une femme dont la figure, même sous le loup qui la masquait en partie, montrait l'âge avancé.

« Vous étiez donc en expédition ?

— Oui, je voulais vérifier quelques soupçons qui m'étaient venus au sujet de nos voisins les aubergistes.

— Ils m'ont cependant l'air bien naïf et tranquille.

— Oui, le grand diable que vous avez interrogé l'autre jour, mais l'autre est peut-être plus rusé. Dick, qui s'est fait leur ami, m'a dit qu'ils avaient l'air de beaucoup s'intéresser à nous.

— Cependant, Lowe ne nous a pas fait le signal de danger ?

— Lowe n'est pas infaillible, il peut se tromper et être trompé.

— Dans votre excursion de l'autre nuit, avez-vous découvert quelque chose ?

— Non, sauf que l'un des aubergistes avait découché.

— Lequel ?

— Mac Pherson.

— Il a peut-être quelque amour en tête.

— Et aujourd'hui ?

— La même constatation.

— Sur mon ordre, Dick a déjà fait une enquête. Mac Pherson ne sort de son auberge que pour aller pêcher avec un vieux matelot, Mac Culloden.

— Eh bien, alors tout s'explique.

— Oui, mais j'ai fait une remarque, qui me laisse rêveuse.

— Quelle remarque ?

— Chaque fois que j'ai constaté que l'aubergiste n'était pas chez lui, c'était pendant les nuits où le sous-marin venait ; de plus, il y a huit jours, au moment où le projecteur éclairait la falaise et la plage, il m'avait semblé apercevoir, de l'autre côté de la baie, une ombre qui s'aplatissait sur le sable et que je n'ai plus revue ensuite. Avant le coucher du soleil, il y avait une barque de pêcheur qui circulait au large du château ; le commandant du sous-marin, en arrivant ici, vous a dit qu'il croyait avoir fait chavirer un bateau de pêche ; cette même nuit, mue par un pressentiment, pour la première fois depuis l'arrivée de ces nouveaux aubergistes, j'ai été voir ce qui se passait par là, il n'y avait que le domestique de Mac Pherson qui dormait profondément, encore bien plus du reste après mon passage qu'avant. Aujourd'hui, visite du sous-marin, Mac Pherson est absent de chez lui.

— Autrement dit, vous croyez que l'aubergiste pourrait avoir des soupçons sur la visite des sous-marins ?

— Oui.

— Mais comment pourrait-il connaître les dates d'arrivée du navire ? »

La comtesse fit un geste d'ignorance.

« Quoi qu'il en soit, la coïncidence est pour le moins bizarre. Son prédécesseur a payé de sa vie une crainte encore moins précise. Votre flacon n'est pas vide, comtesse, et la voie de communication est toujours insoupçonnée.

— Oh, pour cela, absolument.

— Ces hommes doivent mourir, et le plus tôt sera le mieux.

— Aussitôt mon retour, ce sera chose faite.

— Comment votre retour ?

— Oui, je pars chercher mon petit Jean qui s'étiole à Londres ; quelques affaires à traiter. Je serai ici au plus tard dans huit jours. Excusez-moi de profiter aussi sans façons de l'invitation que vous m'avez faite, mais la santé de mon...

— Petit-fils, comtesse, dit ironiquement Trevensdale.

— Comme vous dites, cher ami ; sa santé me préoccupe. Je vais me reposer un peu avant mon départ, et comptez sur moi pour cette exécution. »

Arrivée dans sa chambre, à l'abri de tout regard indiscret, la comtesse s'approcha de son miroir et, avec des mouvements rapides et précis, effaça les rides qui creusaient ses traits et se regarda :

« Oh Jean, mon Jean, si tu me revoyais, me résisterais-tu encore ! Si tu voyais ton fils, aurais-tu le courage de m'abandonner, moi la mère de ton enfant ? Il ne s'est pas remarié, mais où est-il maintenant ? Quand je vois son fils qui lui ressemble tant, ma peine me semble moins cruelle. C'est pour revoir quelques heures plus tôt le portrait vivant de mon Jean, que j'ai accordé huit jours de vie à ce Mac Pherson ; huit jours ! je donnerais ma vie tout de suite, moi, pour t'embrasser et te revoir comme par le passé. »

Deux jours après le départ de la comtesse, Dick, l'air préoccupé, se présenta le soir devant son prétendu maître.

« Vous rappelez-vous, monsieur, si, parmi les échantillons d'armes examinés l'autre jour par le général, il en a emporté un ?

— Je ne crois pas, il les a tous replacés et, à ma connaissance, tous sont restés sur le quai... »

— Eh bien, en faisant la revision, j'ai constaté qu'un fusil mitrailleur nouveau modèle a disparu.

— Que dites-vous ? Bah ! il aura roulé dans l'eau, dit Trevensdale se rassurant lui-même.

— Non, monsieur, j'ai fouillé les abords du quai, et j'ai fait même descendre un scaphandrier de l'équipage du *Cygne*, devant Altmann, on n'a rien trouvé.

— Comment voulez-vous, Dick, que cette arme ait été enlevée. Ici, il n'y a pas de traître ; nous nous connaissons tous.

— Tous ou presque tous, Mr. Trevensdale.

— Que voulez-vous dire ?

— Connaissez-vous la secrétaire de la comtesse ? »

Trevensdale resta embarrassé, puis, vivement :

« Non, je ne la connais que par la comtesse, mais comment aurait-elle pu descendre dans la lagune, le monte-charge ne peut fonctionner que par les moteurs spéciaux ? On s'en serait aperçu.

— Ce que je sais, Mr. Trevensdale, c'est qu'il manque une arme, qu'elle ne s'est pas envolée toute seule, si ce n'est pas miss Bruce qui l'a prise ; il y a quelqu'un qui est venu sur le quai et l'a emportée.

— Avez-vous fouillé la chambre de la secrétaire ?

— Aujourd'hui même.

— Vous n'avez rien trouvé ? »

Dick hésita un moment, puis répondit comme à regret :

« Je n'ai rien trouvé, mais je ne sais pas pourquoi je me méfie de cette jeune fille. »

Trevensdale haussa les épaules.

« Elle n'est pour rien dans la disparition du fusil. Il est probable qu'il aura été pris par le commandant du sous-marin qui, je me le rappelle maintenant, a examiné cette arme avec intérêt. »

Dick resta un moment silencieux, puis d'un ton peu convaincu :

« C'est possible, monsieur, et même probable, mais je me méfie. »

CHAPITRE IX

OU MAC PHERSON ACQUIERT UNE CERTITUDE, MAIS EST JETE DANS UN DOUTE ANGOISSANT

Depuis le jour où Mac Pherson avait sauvé miss Jennie et, en rentrant, avait aperçu une ombre mystérieuse évoluer dans sa chambre et disparaître, dès son retour de l'expédition si intéressante dans la grotte sous-marine, il s'était livré à un travail assez bizarre.

« Que faites-vous donc, patron ? lui avait demandé Smith, en voyant l'aubergiste coller le long des murailles de sa chambre des longues bandes de papier de soie.

— Vois-tu, Smith, notre maison est hantée et je veux arrêter le fantôme qui vient trop souvent dans notre demeure.

— Avec ces papiers de soie ! La barricade me paraît fragile.

— Je ne te dirai pas comme le montreur de bêtes, en présentant un écureuil qu'il a enfermé dans une cage d'osier parce qu'il brisait le fer et l'acier, que j'ai l'intention, avec ces bandes de papier, d'arrêter notre fantôme, mais s'il revient, je saurai tout au moins par où il est rentré.

— Ah oui, je comprends. »

Mac Pherson disposa horizontalement, tout autour de la pièce trois minces bandes de papier, dont la couleur se confondit avec celle de la muraille. Quand il eut fini, il dit à Smith :

« Nous allons en faire autant dans la remise. Je veux savoir où se trouve l'ouverture par laquelle les caisses ont été transportées dans le château. Il y a déjà quelque temps que Lowe n'est venu avec son camion ; avant qu'il n'arrive, je veux disposer mon petit piège. »

Smith suivit son patron et tous deux entourèrent la remise de bandes très minces, mais qu'ils durent dissimuler avec un soin extrême pour que nul ne pût s'apercevoir de ce travail.

« Mais, patron, dit tout à coup Smith, si l'ouverture était sur le sol, tout ce que nous avons fait ne servirait à rien. Dans votre chambre, comme au-dessous il y a une pièce de même dimension, ce ne peut être que dans le mur, mais ici ce n'est pas la même chose. »

Mac Pherson, frappé de cet argument, étendit sur le sol de la remise des bandes qui disparurent sous une couche de poussière qu'il ramassa et répandit sur toutes les parties visibles.

Le lendemain, Lowe arriva avec son camion.

« Il y a longtemps que je ne suis venu, hein, mes amis, vous deviez penser que j'étais mort.

— Saluons alors votre résurrection, s'écria Smith ; un verre de gin, je sais que c'est cela que vous préférez.

— La chaleur aujourd'hui a été si forte que j'aime mieux un soda, vous n'avez pas de glace ici ?

— Oh non, mais l'eau du puits est si fraîche qu'on peut s'en passer.

— Rien de neuf, dans votre pays ? » demanda Lowe d'un ton négligent.

Smith se mit à bâiller en s'étirant.

« Du neuf, Mr. Lowe, ici ! Depuis que nous sommes arrivés, vous êtes la troisième figure étrangère au pays que nous ayons vue.

— Quelles sont les deux autres ?

— Eh bien, les deux dames du château, pour qui vous m'avez donné des malles à porter.

— Elles sont toujours ici ?

— Il y a quelques jours, elles se promenaient dans les environs.

— Et monsieur... ? Le propriétaire du château, je ne me rappelle pas son nom.

— Mr. Trevensdale. Vous m'avez donné l'occasion de le voir, sans cela il ne sort jamais et reste confiné dans sa propriété.

— Et vous, Mr. Mac Pherson, vous ne vous ennuyez pas ?

— Moi ! Je suis comme Smith, je crois que je vais mourir d'ennui.

— Bah, bah, vous vous y ferez. Allons, je vais graisser ma voiture. Ne vous dérangez pas.

— Voulez-vous que je vous aide ? dit Smith, en lançant un coup d'œil à Mac Pherson.

— Non, non, repartit vivement l'automobiliste, ne vous donnez pas ce mal. Je suis maniaque, j'aime à travailler seul.

— Va, mon bonhomme, dit Smith tout bas, demain nous saurons bien où tu décharges tes bagages. »

Les deux hommes attendirent avec impatience le départ du chauffeur, le lendemain matin, pour vérifier les bandes de scellage.

« Certainement, il a déchargé sa voiture. J'ai regardé hier, quand il est arrivé, les ressorts étaient aplatis et, ce matin, ils avaient repris une courbure indiquant que la charge avait été enlevée. »

Tous deux examinèrent les bandes, elles étaient intactes.

« Je n'y comprends plus rien, dit l'aubergiste. Tu as fait bonne garde, cette nuit ?

— Oui, patron.

— Moi, je n'ai pas dormi et j'ai épié de ma fenêtre. La remise est séparée du bâtiment par un espace d'au moins trois mètres ; s'il y avait une porte secrète, j'aurais vu ou entendu passer. »

La perplexité de Mac Pherson était grande, rien ne décelait l'ouverture par laquelle la charge du camion avait été nécessairement transportée.

« Tu es certain que la voiture était vide ?

— J'en donnerais ma tête à couper.

— Nous avons affaire à des gens rudement habiles et, de plus en plus, il faut nous méfier. »

Refermant la porte de la remise, ils rentrèrent dans l'auberge. Le chien de garde qu'ils avaient détaché les suivit dans la salle et Smith se mit à vaquer aux soins de la cuisine.

« Hein, patron, nous en faisons un drôle de métier ! Heureusement que chez nous, on naît cuisinier ; ce n'est pas comme dans ce pays, leur cuisine est fade, à moins qu'elle ne vous emporte la bouche ou vous écœure, comme leur fameuse sauce à la menthe. »

Le chien n'aimait probablement pas la sauce à la menthe, car il se mit à gronder sourdement.

« Oh, toi, Disco, dit Smith, tu n'as pas voix au chapitre, pourvu que ta pâtée contienne de la viande et des os, tu trouves la cuisine anglaise excellente. »

Disco, le nez contre terre, se mit à japper deux ou trois fois, d'une voix claire.

« Tu protestes, tu es patriote, et un os anglais te semble moins bon qu'un os... »

Mais Disco l'interrompit, car il se leva brusquement et jeta un aboi furieux.

Mac Pherson alla regarder à la po si quelqu'un venait.

« Qu'a donc ce chien, dit-il, il n'y personne dehors ? »

Comme pour répondre, Disco se j sur la porte donnant au bas de l' calier et, impatient, la gratta.

Mac Pherson, étonné, ouvrit la porte comme une trombe, le chien gravit l'éta et se jeta sur la porte de la chambre Smith. Les deux hommes ouvrirent. nez au sol, Disco traversa la pièce pénétra dans la chambre de Mac Ph son. Elle était déserte, mais le chien dc nait évidemment des signes de colè aboyant éperdument contre la murail non loin de la fenêtre.

« Cherche, Disco », dit Mac Pherson.

Mais l'animal ne bougeait pas de l'e droit où il se trouvait.

« Certainement, quelqu'un est venu i dit l'aubergiste.

— Par où est-il entré ? demanda Smi

— Par ici, répondit Mac Pherson montrant la muraille. Tiens, regarde, bandes de papier que j'avais collées so toutes déchirées exactement les unes a dessous des autres. Nous n'avons qu'à rer une ligne droite, et nous trouvero l'interstice. Du reste, maintenant, je vois, il se confond avec le joint d pierres, en suivant leurs contours. C'e très habilement dissimulé. Disco a éve la présence de quelqu'un dans ma cha bre, mais, si je n'avais pas collé c bandes de papier, je n'aurais pas pu s voir pourquoi il aboyait, ni si quelqu' était venu. Mais qui, maintenant ? comtesse est partie ce matin, elle n'a revenir sans que nous nous en soyo aperçus.

— Pour cela, patron, j'ai été tout temps en observation sur la route, pe sonne n'est passé.

— Enfin, quelqu'un est venu ici, c bandes en sont une preuve, et voici l'e droit par lequel il est passé. »

Mac Pherson frappait la muraille son poing.

« Tiens ! Une lettre pour vous, p tron. »

Smith montrait sur la petite table chevet une enveloppe, portant en gross lettres :

POUR MONSIEUR MAC PHERSON.

L'aubergiste, impatient, déchira le p pier et lut tout haut :

« Une personne qui s'intéresse à mon-
« sieur Mac Pherson et à son domestique
« les avertit que leur vie est en danger et
« qu'ils se méfient. Leur meilleur moyen
« de salut est de quitter le pays avant deux
« ou trois jours. »

« Et allez donc, dit Smith, vous nous gênez, filez, ou sans cela on vous zigouille. La personne qui est venue est certainement animée des meilleures intentions à notre égard, mais elle a l'air bien pressée de nous voir partir. »

Mac Pherson restait silencieux ; il examinait la lettre, le papier, l'écriture évidemment contrefaite. Smith continua :

« Et pas de signature ; la lettre anonyme dans toute son horreur. Je crois qu'il ne faut pas plus tenir compte de celle-ci que des autres.

— Ce n'est pas mon avis, Smith.

— Oh, patron, vous allez écouter l'invite de cette lettre ?

— Non, mais je vais en tenir compte. Ou cet avertissement est destiné à nous faire partir, ou bien il est absolument véridique. Des soupçons ont pu se faire jour, et nous savons quelle en est la cause. Peut-être veut-on savoir par notre départ ou par notre maintien à notre poste, si nous méritons les soupçons. De toutes manières, il nous faut rester, mais je vais tâcher de découvrir le secret de cette ouverture. Si je ne le trouve pas, je ferai mon possible pour empêcher la porte de se refermer quand on l'ouvrira.

— Alors nous sauterons sur l'auteur de la lettre et nous lui ferons cracher ce qu'il sait et ce qu'il veut.

— A condition toutefois de pouvoir le saisir. Mais qui peut avoir écrit cette lettre ?

— Voyons, patron, il me semble que c'est assez facile......

— Facile ! Ce n'est pas la soi-disant comtesse. Nous savons qui elle est, qui elle cache et, du reste, elle est partie avant la venue de cette lettre.

— C'est peut-être Trevensdale.

— Encore moins. Il ne nous connaît pas. Si c'est lui qui dirige ces transports louches de bagages et ces arrivées clandestines de sous-marins, s'il nous soupçonnait d'en savoir trop long, il n'éveillerait pas notre attention par un avis stupide. Or, il cesse d'être absurde si celui qui nous le donne n'est pas notre ennemi ; il peut donc être véridique et si, par hasard, nous arrivons à connaître la personne qui nous l'a envoyé, il ne nous faut la traiter en adversaire qu'à bon escient. J'ai dans l'idée que cette lettre ne nous est pas hostile et contient la vérité. Le danger pour nous ne commencera que dans deux ou trois jours ; un homme averti en vaut deux.

— Et comme nous sommes deux et d'attaque, nous en valons bien quatre.

— Attendons, Smith.

— Attendons, patron, mais en ouvrant l'œil, et si j'aperçois le facteur qui a déposé la lettre, je vous assure que je lui mettrai le grappin dessus, quitte à lui faire des excuses, s'il nous voulait du bien. »

Le lendemain, rien d'anormal ne se passa, mais, le surlendemain, Smith, en observation devant la porte, vit une grosse limousine passer en tourbillon devant l'auberge. Il la suivit du regard et vit qu'elle entrait dans le parc. Il en avisa Mac Pherson en lui disant :

« Le Trevensdale a une visite. Serait-ce la comtesse qui reviendrait ? Je n'ai pu voir qui se trouvait dans la voiture.

— Redoublons d'attention. Tu le sais, Smith, le danger, c'est elle. Jusqu'à présent, elle ne m'a pas encore aperçu ; qu'elle me voie et toute notre œuvre est perdue, si bien grimé que je sois. Elle me reconnaîtra comme moi je l'ai reconnue, sous sa façade ridée de vieille femme. Si je n'écoutais la voix du devoir, je suivrais le conseil de la lettre anonyme, je fuirais. J'ai le pressentiment que cette femme va m'apporter de nouvelles angoisses et me déchirer le cœur. »

La journée se passa sans incidents : quelques rouliers s'arrêtèrent, quelques pêcheurs, dont le vieux Mac Culloden, vinrent bavarder avec l'aubergiste et son aide. Le soir, Smith vit repasser la même limousine que le matin, toujours aussi mystérieusement close. Au moment où il s'apprêtait à fermer l'auberge, Dick arriva l'air penaud.

« Qu'avez-vous donc, ami Dick, dit Smith, vous avez la mine déconfite de quelqu'un qui a trouvé un cheveu dans sa crème.

— Oh, si ce n'était qu'un cheveu, je l'enlèverais et je boirais la crème, mais Mr. Trevensdale vient de me menacer de me renvoyer pour une vétille. Ah, les patrons, quelle race! Si on exigeait d'eux ce qu'ils nous demandent, on trouverait rudement peu de domestiques.

— Peu de patrons, voulez-vous dire. Qu'avez-vous donc fait ?

— Je n'ai rien fait ; quelque chose qui lui manque et qu'il ne peut retrouver, comme si j'y pouvais quelque chose. Si je ne le retrouve pas, je serai obligé de quitter ma place, mais j'aurai tout de même une petite compensation ; j'irai dans mon pays me marier et prendre un commerce. Aussi, c'est peut-être mes adieux que je vous fais.

— Il est loin votre pays ? dit Mac Pherson d'un ton indifférent.

— Oh non, je suis Gallois, et je sais dans mon village une petite jeune fille qui m'attend avec impatience.

— Voyez-vous ça, l'heureux gaillard, ricana Smith, on n'a pas besoin d'être comte ou duc pour être heureux, et on va boire à votre santé et à vos amours. »

Le pseudo-valet jeta sur les deux aubergistes un regard rapide et soupçonneux, mais l'air candide de Smith et indifférent de Mac Pherson chassa les soupçons que le mot de comte avait éveillés.

« Si vous partez, monsieur Dick, savez-vous qui vous remplacera ? Je doute que nous ayons pour lui autant d'amitié que nous en avons pour vous.

— Trop aimable, monsieur Smith, je crois que la place sera libre et peut-être que le personnel suffira, d'autant qu'il n'y a que miss Bruce au château pour le moment.

— Mais la comtesse ? »

Dick jeta un regard en coulisse sur Mac Pherson, regard qui fut surpris au vol par Smith. L'aubergiste en posant cette question tournait le dos et versait, dans des verres, du gin, du citron et de l'eau.

« Elle ne rentrera que dans quelques jours, et elle doit amener, m'a-t-on dit, une femme de chambre ou une nurse.

— Une nurse ! dit Mac Pherson, sincèrement étonné, elle est donc malade ?

— Je ne pense pas, répondit Dick, mais les nurses sont aussi pour soigner les petits enfants. Après tout, c'est peut-être cela, car je me souviens, on a fait préparer un petit lit, dans une chambre près de celle de la comtesse. »

Mac Pherson regardait maintenant avec insistance le pseudo-Dick, cherchant à voir s'il parlait ainsi pour l'intriguer ou si ses paroles n'avaient aucun but. Lui-même, un peu troublé, avait repris son impassibilité. La conversation roula ensuite sur des choses insignifiantes et l'espion, qui ne se savait pas démasqué, repartit convaincu que les aubergistes ignoraient tout de la disparition du fusil.

Quand il fut loin, Mac Pherson dit à son second :

« Ce brave Ulrich von Drachen est venu jouer ici la comédie, mais je crois qu'il en a été pour ses frais. Ce qui résulte de tout ceci, c'est que nous sommes devenus suspects, mais quel peut être l'auteur de l'avertissement ? D'éliminations en éliminations, ce ne peut être que miss Jennie. Que sait-elle ? Quel but poursuit-elle ? Veut-elle nous éloigner afin d'être plus libre ? Comme il n'y a qu'elle qui ait pu déposer cette lettre, elle est au courant de l'ouverture secrète dans ma chambre. Serait-ce elle qui aurait été vue par mon prédécesseur avant de mourir ? Du reste, était-elle là quand cet homme est mort ? Mac Culloden ne semble pas l'avoir vue avant son sauvetage et il ne me semble pas possible qu'on puisse la soupçonner de forfaits aussi épouvantables. Me prévient-elle pour acquitter sa dette envers moi, et me sauver aussi la vie ? Je veux savoir la vérité, et dussé-je encore une fois trouver derrière un front pur et ingénu, derrière des yeux clairs et naïfs, un abîme de perversité, je veux percer ce mystère. »

Cependant, quelques jours s'écoulèrent sans amener d'incidents quelconques dans la vie des deux compagnons. Ils avaient appris que la comtesse était revenue, amenant un petit enfant et une nurse ; c'était Dick lui-même qui le leur avait annoncé. Aucune catastrophe ne s'était encore abattue sur eux. Smith ne cessait de répéter :

« La personne qui nous a apporté cet avis mystérieux avait bien envie que nous partions. Voici déjà huit jours de passés, nous sommes encore bien tranquilles. Je crois bien qu'on a voulu nous mystifier. »

Mac Pherson lui montra les bandes brisées et lui dit :

« Je ne le crois pas. Pour une raison ou pour une autre, nous gênons. J'ai pris mes précautions. Quand nous recevrons une visite, un contact électrique, que j'ai disposé, nous en avertira par une sonnerie. De plus, la porte de la muraille ne pourra plus se refermer. Quand elle s'ouvrira, le levier que voici retombera et empêchera la pierre d'adhérer au mur.

— Mais pourquoi, maintenant que nous

savons l'endroit de la porte secrète, ne pas démolir le mur et descendre tout de suite ?

— C'est du coup que nous serions complètement brûlés. J'ai reçu mission de découvrir l'origine de la contrebande de guerre qui se fait en faveur de l'Allemagne, j'en ai déjà une preuve par le fusil mitrailleur que j'ai envoyé au ministre, mais il me faut davantage, il faut que je divulgue les complices de Trevensdale. Nous sommes sur le point d'aboutir, je ne veux pas compromettre les résultats par trop de précipitation. Attendons et observons. »

CHAPITRE X

LE PETIT JEAN

Pour la première fois depuis de longues années, un éclat de rire frais et joyeux fit retentir les voûtes de l'antique et sombre hall du manoir d'Eribol. Comme un rayon de soleil dissipant les ténèbres, un enfant pénétrant dans la vaste salle lui fit perdre son air morne et triste. Cet enfant était suivi de la vieille comtesse.

« Oh, grand'mère, comme c'est drôle ici ! Cela ne ressemble pas du tout à notre chez nous.

— Oh, qu'il est mignon, s'exclama miss Jennie Bruce qui, avertie de l'arrivée de sa maîtresse, l'attendait dans le hall.

— N'est-ce pas, miss Jennie, dit la comtesse avec orgueil, qu'il est gentil, mon petit Jean ? »

C'était en effet un bel enfant, et la grand'mère pouvait être fière de son petit-fils qu'elle semblait adorer. Une superbe chevelure blonde bouclée encadrait un frais visage qu'illuminaient des yeux intelligents. Grand pour ses six ans, il portait avec aisance un costume de velours noir qui faisait ressortir davantage la fraîcheur de son teint.

Miss Jennie le regardait; sans réfléchir, elle dit tout haut :

« Mais à qui ressemble-t-il donc ?

— C'est le portrait vivant de son père, mais le pauvre petit ne le connaît pas, il est mort.

— Oh ! pardon, madame la comtesse. »

Ce souvenir devait affliger profondément la vieille dame, car des larmes perlaient à ses paupières. Le petit Jean s'en aperçut :

« Tu as du chagrin?. Pauvre grand'-maman!

— Ce n'est rien, mon enfant, c'est passé. Regarde miss Jennie; j'espère que tous les deux vous serez bons amis et qu'elle voudra bien s'occuper de toi quand je m'absenterai ou que je travaillerai.

— Oh ! avec grand plaisir, madame, j'aime tant les enfants et celui-ci a l'air si gentil! »

Jean regarda la jolie figure de la jeune fille et, s'approchant d'elle, comme un petit homme, lui tendit la main.

« Je vous apprendrai à jouer au football, dit-il gravement. Savez-vous jouer aux billes et faire la culbute?

— Certainement, mais pour la culbute, je ne suis pas très forte.

— Je vous montrerai, tenez, tout de suite. »

Avisant un large tapis, l'enfant fit une superbe cabriole et, au moment où il se relevait, il se buta dans les jambes de Trevensdale qui descendait du perron. Surpris, il faillit tomber et poussa un juron de fureur.

« Oh! dit l'enfant, scandalisé, c'est pas beau! N'est-ce pas, grand'maman? dis-le au monsieur. »

Trevensdale, cependant, avait repris son masque de courtoisie et s'avançait vers la comtesse.

« Enchanté de vous revoir en bonne santé. Cet enfant est votre petit-fils? Je vois à son agilité qu'il n'est pas par trop malade et que l'air de Londres ne lui a pas été trop mauvais.

— Oh! je ne suis pas malade et...

— Jean, dit sévèrement sa grand'-mère, tu parleras quand on t'interrogera.

— Oui, grand'maman, mais le monsieur disait que je n'étais pas trop malade; j'suis pas malade du tout. Quand j'suis malade, on me donne de l'huile de ricin et j'aime pas ça. »

Trevensdale ne put s'empêcher de sourire et, plus affable, se pencha vers l'enfant en lui disant :

« Non, mon petit ami, tu n'es pas

malade et tu vas pouvoir jouer dans le jardin et sur la plage. Tu pourras y faire toutes les culbutes que tu voudras, mais pas dans la maison. »

Jean regardait Trevensdale d'un mauvais œil. Il s'approcha de sa grand'mère et lui dit tout bas :

« J'ai peur du monsieur. Il n'aime pas les enfants. »

La comtesse l'embrassa et lui répondit à l'oreille :

« N'aie pas peur. Va avec miss Bruce, j'ai à causer avec Mr. Trevensdale. »

Délibérément, l'enfant prit la main de Jennie et l'entraîna vers la porte.

« Viens, j'ai vu tout à l'heure la mer. Allons faire des châteaux sur la plage. Tu dois savoir faire cela?

— Très bien, mais il nous faut des pelles.

— Ça ne fait rien, viens ; sur les plages, il y a toujours des marchands. »

Les deux nouveaux amis descendirent l'escalier arrivant au chemin du petit port.

« Comment t'appelles-tu ? dit l'enfant. Moi, je m'appelle Jean. Et toi ?

— Jennie.

— Ah! oui, grand'maman l'avait dit. C'est joli, par ici, mais il y a bien moins de monde qu'à Brighton. Est-ce qu'il y aura des petits garçons et des petites filles pour jouer avec moi?

— Non, mais je tâcherai de les remplacer.

— Oh! toi, tu es comme ma petite maman, tu ne seras pas là tout le temps. Les grandes personnes ne peuvent pas être toujours avec les petits enfants. Ainsi, moi, il y a longtemps, longtemps que je suis seul avec ma nurse et je commençais à m'ennuyer. Heureusement que grand'maman est venue me chercher.

— Ta maman viendra ici vous rejoindre?

— Peut-être, dit l'enfant songeur. Tiens, si elle venait, ce serait la première fois que grand'maman et maman seraient ensemble avec moi. Je les aime bien, va, grand'maman et maman.

— Te rappelles-tu ton papa?

— Non, dit l'enfant dont le visage s'assombrit, je n'ai jamais connu mon papa; il est mort, et maman et grand'maman pleurent quand elles parlent de lui. »

Jennie regardait l'enfant et se disait encore :

« A qui ressemble donc cet enfant? »

Elle avait beau chercher dans ses souvenirs, l'image enfantine lui rappelait bien une figure entrevue, mais elle ne pouvait préciser laquelle.

La voix de l'enfant la tira de ses réflexions.

« Tu l'aimes, le monsieur?

— Quel monsieur?

— Mais le monsieur du château là haut.

— Mr. Trevensdale !

— Je ne sais pas comment il s'appelle, celui qui ne veut pas que je fasse des culbutes et me les envoie faire dehors.

« C'est un vilain qui n'aime pas les enfants, et moi je le déteste, il n'a pas voulu que je reste avec grand'maman.

— Oui, mais tu es venu te promener avec moi; tu le regrettes?

— Non, car tu es gentille, presque autant que maman. Elle est jolie, maman! Toi aussi, mais vous ne vous ressemblez pas. Tu l'aimerais, si tu la connaissais, ma maman.

— Très certainement, mon petit Jean.

— Et moi aussi, j'aimerai ta maman.

— Elle est morte, mon pauvre petit Jean.

— Oh! Et ton papa?

— Aussi.

— Alors, tu ne les reverras plus?

— Hélas! non.

— Moi, maman m'a dit que si je suis bien sage, peut-être que mon papa reviendrait. C'est peut-être que tu n'es pas assez sage que ton papa et ta maman ne sont pas revenus !

— J'essaierai pour les revoir plus tard, mon petit Jean, comme toi, j'espère que tu reverras ton papa. »

L'enfant resta silencieux quelques minutes, tout songeur, mais comme ils étaient arrivés sur la plage, ses pensées prirent un autre cours en apercevant le yacht qui se balançait sur les eaux tranquilles du petit fiord.

« Oh ! miss Jennie, quel joli bateau ! Est-ce qu'on peut monter dessus?

— Il faudra demander la permission à Mr. Trevensdale.

— Oh! alors... Mais je la ferai demander par grand'maman. Es-tu allée dessus?

— Non, je ne l'ai pas demandé. »

Déjà, l'enfant était passé à d'autres préoccupations. La mer laissait à découvert un sable fin et doux et Jean cher-

— Pourquoi donc?

— Pour empêcher les voleurs, les malfaiteurs d'entrer.

— Alors, ils ne me diront rien, à moi.

— Pourquoi donc?

— Je ne suis pas un voleur ni un malfaiteur. Si le chien voulait me mordre, je lui dirais que je suis le petit Jean.

— C'est une idée, mais ce ne serait peut-être pas suffisant. Il ne te croirait peut-être pas et le petit Jean serait mangé par le méchant chien.

— Oh! je me défendrais, et il verrait! »

D'indignation anticipée, Jean serrait ses poings et menaçait le futur agresseur, mais ses idées furent changées par leur arrivée au port de pêcheurs.

C'était une misérable réunion de cabanes enfumées et noires, et miss Bruce ne reconnut pas celle de Mac Culloden, où elle avait été transportée, ni le vieux pêcheur qui fumait sa pipe sur le seuil de sa demeure. Mais celui-ci, en voyant la jeune fille, s'empressa d'aller vers elle.

« Oh ! bonjour, mademoiselle. Comment allez-vous depuis votre accident ? C'est gentil à vous de venir me voir. »

Miss Bruce rougit violemment. En

…ait de l'œil un marchand pour aller …heter une pelle.

« Ce n'est pas amusant du tout ici, dit- en faisant la moue, ce n'est pas le bord … la mer; au bord de la mer, il y a des …archands, il y a des cabines, des dames …i crient, des enfants qui jouent, qui …nt des pâtés et des tas de sable, des …essieurs qui regardent avec des lor…nettes, je ne sais pas pourquoi. Ici, il …y a personne. Retournons voir grand…aman, je veux aller au bord de la mer.

— Si tu veux, nous allons demander … permission d'aller au village des …cheurs. »

La permission fut accordée sans diffi…lté et Jean et sa grande amie quittèrent … propriété. Le concierge était près de … grille quand ils passèrent.

« As-tu vu, miss Jennie, ce gros …mme? Il a l'air méchant. Les chiens …nt-ils méchants?

— Très méchants. Aussi, il ne faut plus …tir du château une fois que la nuit …rive parce qu'on les lâche dans les bois,

DANS LE HALL DU MANOIR D'ÉRIBOL, LE PETIT JEAN GAMBADAIT DEVANT LA COMTESSE

effet, elle n'avait pas encore pu remercier le vieux marin de ses bons offices et cet oubli involontaire se trouvait réparé par suite de la présence de cet enfant dont il fallait cependant se méfier, car il pouvait innocemment répéter à sa grand'mère des choses capables d'éveiller sa méfiance. Aussi détourna-t-elle rapidement la conversation.

« En effet, monsieur, je venais vous remercier et vous amener ce petit garçon, le petit-fils de la comtesse de Swedenborghen, pour que vous lui montriez le port des pêcheurs. »

Mac Culloden, tout heureux de cette visite, se mit en quatre pour contenter l'enfant qui ouvrait des yeux émerveillés à tout ce que lui montrait le vieux pêcheur et ne regrettait pas, cette fois, les plages élégantes du sud de l'Angleterre.

Il admira les cales où s'échouaient les barques de pêche, s'étonna de la façon dont se faisaient les filets, dont on les raccommodait, demandant la raison d'un tas de choses et les pourquoi de pleuvoir sur miss Jennie et le marin amusés.

« Comme c'est joli, miss Jennie, toutes ces maisons avec les filets qui pendent aux murs. Pourquoi en étend-on par terre? Pourquoi toutes ces boules et ces morceaux de bois? »

Le marin s'efforçait de satisfaire la curiosité de l'enfant, mais comme elle était plus inlassable que la bonne volonté de Mac Culloden, miss Jennie fit entrer l'enfant dans la maison du marin, mais la visite de la masure n'eut pas le même succès. Pendant que Jennie se rappelait l'accident dont elle n'avait été sauvée que par miracle, qu'elle revoyait, penchée sur elle, la figure anxieuse de Mac Pherson, elle fut rappelée au présent par la voix claire du petit Jean qui lui disait :

« Tu viens, dis, miss Jennie ? Je voudrais aller voir les barques. »

Jennie regarda l'enfant. Tout à coup, la ressemblance qu'elle cherchait lui sauta aux yeux : c'était la figure de Mac Pherson que l'enfant lui rappelait. Bizarrerie de la nature qui rassemblait ainsi deux êtres qui n'avaient rien de commun entre eux! Elle haussa les épaules, chassa cette idée et sortit en remerciant Mac Culloden et le priant de dire à son sauveur qu'elle ne l'oubliait pas.

« Certes, je ferai la commission. »

Autant l'enfant désirait sortir de la tanière du vieux matelot, autant il désirait rester sur le port, d'autant plus qu'à ce moment, les ramasseuses de goémon et de varech arrivaient, portant sur leur dos de grosses masses d'herbes marines, d'où de nouvelles questions. Puis un bateau de pêche arriva et la manœuvre de l'accostage et le débarquement des poissons furent de nouveaux sujets d'étonnement. Enfin, il fallut bien quitter ce lieu de délices et rentrer pour le dîner et le coucher.

L'enfant ne dormait pas près de sa grand'mère et la nurse avait été installée avec Jean dans la pièce voisine. L'enfant, perdu dans l'immensité d'un grand lit à baldaquin de l'ancien temps, enfoncé dans un matelas de plume, n'eut pas le temps de faire la différence avec son petit lit de la maison de Londres, car il dormait déjà quand sa bonne l'installa doucement entre les draps.

Miss Jennie avait à peine quitté le port que Mac Pherson arrivait, et Mac Culloden n'eut rien de plus pressé que de lui raconter la visite qu'il avait reçue. L'aubergiste écoutait, distrait, le récit prolixe du pêcheur, mais il se redressa lorsque Mac Culloden eut ajouté :

« Ce petit marmouset est gentil comme tout, adroit comme un singe, leste comme un écureuil; il voulait tout voir, tout savoir, il regardait faire le filet et a voulu essayer d'en faire quelques mailles; il ne voulait pas s'en aller et miss Jennie n'a pu partir que lorsqu'elle lui a dit que sa grand'maman, la comtesse de... je ne sais plus quoi, ne serait pas contente si on arrivait en retard.

— La comtesse de Swedenborghen, peut-être?

— C'est cela.

— Vous êtes certain qu'elle a dit sa grand'maman?

— J'en suis sûr.

— Quel âge peut avoir cet enfant?

— Vous savez, Mac Pherson, je ne suis pas très fort pour donner un âge à un gosse, mais enfin, il pourrait avoir entre six et huit ans, peut-être moins, peut-être plus. »

Le front de Mac Pherson se plissa sous la réflexion et le pêcheur l'entendit murmurer.

« Sept ans! Ce n'est pas possible! Où peut-elle avoir été chercher cet enfant et dans quel but se fait-elle passer pour sa grand'mère? Ah! que les menées de cette mine sont ténébreuses, et pourquoi faut-que je me heurte sans cesse à elle?

— Eh bien quoi! Qu'avez-vous donc, Mac Pherson? Vous rêvez, mon ami. Vous êtes tout pâle. Tenez, prenez un petit verre de whisky, cela va vous remettre. On dirait que vous venez d'avoir une vision? Ce n'est pas le fantôme vert, au moins?

— Si ce n'était que cela, Mac Culloden, je n'aurais pas pâli. Mais vous avez raison, chassons les mauvais esprits par cet excellent esprit-de-vin. A votre santé, Mac Culloden!

— A la vôtre, Mac Pherson! »

CHAPITRE XI

UNE ESCAPADE DU PETIT JEAN

Il y avait quelques jours que la comtesse était revenue et miss Bruce avait repris auprès d'elle son rôle accoutumé de secrétaire. Les lettres d'affaires, les réponses aux demandes que la business-women recevait étaient nombreuses. Toutes étaient évidemment commerciales et montraient que la veuve du comte était tout à fait capable de continuer l'œuvre de son mari.

Pendant que la secrétaire s'enfermait dans sa chambre pour dactylographier les notes sténographiques qu'elle avait prises, la vieille douairière avait de longues conversations avec Trevensdale. Celui-ci paraissait soucieux et énervé.

« Mais qu'attendez-vous donc pour agir? Je ne vous reconnais pas.

— J'attends quelques jours. Je ne veux pas qu'on puisse faire une remarque quelconque entre mon retour et une mort, si naturelle qu'elle puisse paraître.

— Bah! ne vous inquiétez pas de cela. Je vous dis que j'ai carte blanche.

— Ce qui ne m'empêchera pas d'aller me balancer au bout d'une corde pour peu que la justice mette le nez dans nos affaires et découvre la vérité.

— Vous m'avez dit que l'autopsie ne donnerait aucun renseignement.

— L'autopsie peut-être, mais si, par un hasard toujours possible, on fait l'analyse du liquide et une expérimentation biologique, on pourra arriver à la vérité et, de rapprochements en rapprochements, en tenant compte des racontars qui circulent dans le pays et que Dick nous a répétés, on pourrait soupçonner quelque chose. Je ne vous demande, du reste, qu'un délai de quelques jours. »

L'air sombre, les mains derrière le dos, Trevensdale arpentait le hall. Il s'arrêta brusquement devant le fauteuil où, nonchalamment, la comtesse s'était presque étendue.

« A propos de Dick, j'ai l'intention de lui demander d'aller en mission au Maroc. Y avez-vous conservé quelques relations?

— Mon père, surtout, en avait. Vous savez qu'il a pu s'évader du bagne de la Guyane, grâce à moi, du reste. Je pourrai lui demander des renseignements aussitôt qu'il sera revenu, dans deux ou trois semaines environ.

— Cela me serait très utile; vous me tiendrez au courant. Ce même Dick, qui est un homme perspicace et habile, n'aime pas beaucoup votre secrétaire, miss Bruce. Il m'a raconté qu'un jour, elle était revenue le dos complètement blanchi par du plâtre et qu'il n'avait trouvé, dans le parc, aucun endroit où elle aurait pu se marquer ainsi. Il n'y a que dans le souterrain allant à la remise qu'elle aurait pu le faire, mais rien ne laisse supposer qu'elle puisse connaître ce secret. Où est-elle en ce moment?

— Dans sa chambre, où elle tape toute ma correspondance. Je vous assure que Dick, malgré toute sa clairvoyance, s'abuse. Jamais je ne l'ai prise en défaut, sa discrétion est absolue, sa curiosité nulle et, du reste, je ne lui donne prise à aucun soupçon. Elle m'a été recommandée chaleureusement par des Anglais tout à fait respectables et, parmi ceux-ci, des germanophiles certains.

— C'est égal, j'ai toujours eu raison de suivre les avis de Dick. C'est un ardent patriote et, quoique officier, un policier remarquable. Allez donc voir si votre secrétaire est bien dans sa chambre à travailler.

— Si cela peut vous faire plaisir, Trevensdale, mais il est impossible qu'elle sorte du donjon sans passer ici. La porte de fer est fermée.

— Oui, mais si elle connaît l'entrée du souterrain et son secret, elle peut être sortie sans que nous nous en apercevions.

— Pour aller où?

— Eh bien ! à l'autre issue, à l'auberge.

— Trevensdale, Dieu me pardonne! Vous avez la phobie de la trahison. Comment voulez-vous qu'elle ait pu découvrir notre secret et à quoi cela l'avancerait-il de s'en aller secrètement à l'auberge? Elle ignore tout de vous, de moi, de nos projets, et la première chose qu'elle aurait faite, c'est de me raconter sa découverte. »

Trevensdale hocha la tête d'un air peu convaincu.

« Faites-moi le plaisir d'aller voir si votre secrétaire est bien à son travail. Je me sentirai plus tranquille.

— Eh bien! venez avec moi pour vous en assurer. »

La comtesse et Trevensdale se dirigèrent vers le perron monumental qui ornait d'une façon si originale le milieu de la pièce. Un craquement semblant provenir d'une solive du plafond arrêta Trevensdale qui regarda en l'air avec inquiétude.

« Qu'est-ce cela?

— Vous êtes effarant, mon cher ami, vous n'avez jamais entendu de vieux meubles craquer. Décidément, la vie renfermée ne vous vaut rien. Vous devenez timide, poltron même. Allons, venez. »

Arrivés au palier des chambres, ils s'approchèrent doucement de celle de la chambre de miss Jennie. Ils distinguèrent le tic-tac précipité des touches de la machine à écrire. La comtesse frappa.

« Entrez! »

La porte n'était même pas fermée et la vieille dame n'eut qu'à pousser pour ouvrir.

En voyant sa maîtresse et Trevensdale, la jeune fille, étonnée, se leva.

« Ne vous dérangez pas, miss Bruce, nous venions voir si, par hasard, Jean n'était pas avec vous.

— Non, madame, il doit être avec sa nurse.

— Quand vous aurez fini, miss Bruce, vous pourrez promener cet enfant jusqu'au port, il ne cesse de me parler de bateaux depuis votre promenade avec lui. En avez-vous pour longtemps?

— Deux heures environ. »

De son œil soupçonneux, Trevensdale regardait la secrétaire; en voyant le calme et la sérénité de son visage, il se rassura et, une fois revenu dans le hall, il avoua :

« Evidemment, j'avais tort et Dick s'est trompé.

— Croyez-moi, mon cher, la femme est plus fine que l'homme, plus perspicace et si cette enfant pouvait me tromper, ce n'est pas Dick qui s'en serait aperçu le premier.

— Si je ne vous connaissais, je vous trouverais peut-être un peu vaniteuse, dit en riant Trevensdale, mais je suis forcé de reconnaître votre habileté. »

La comtesse daigna, d'un sourire agréer ce compliment.

« Je vais maintenant retrouver mon petit Jean. J'avais dit à la nurse de le conduire sur la plage, il doit y faire des châteaux forts. Je vous prie de m'excuser mais je le vois si rarement maintenant que je tâche de rattraper le temps perdu. »

De son pas léger et allègre, étonnant pour son âge, la douairière descendit rapidement sur le bord de la mer. Près d'un monceau de sable, une pelle de bois gisait, abandonnée, tandis que, accotée au rocher, protégée du soleil, une bonne, la bouche entr'ouverte, ronflait comme un sonneur. La comtesse eut un battement de cœur, elle ne voyait pas son petit-fils. Qu'était-il devenu? Elle s'approcha de la nurse et la secoua violemment, tant de colère que d'inquiétude.

« Peguy, Peguy! Où est Jean? »

Ahurie, troublée dans son sommeil, la nurse répondit :

« Mais il est ici, madame, à jouer dans le sable.

— Non, il n'y est pas. Où peut-il être? Ah! s'il lui est arrivé malheur par votre négligence!... »

Elle n'acheva pas sa pensée. Déjà, elle courait près de l'endroit où la pelle se trouvait. Habituée à se dominer, elle reprit son sang-froid et examina le sable fin pour se rendre compte si des traces pouvaient permettre de voir par où l'enfant avait disparu. L'empreinte de petits pieds se dessinait, se dirigeant vers la mer. Angoissée, elle suivit les traces, s'attendant à chaque instant à les voir disparaître. Elle poussa un soupir de soulagement. La mer, qui descendait, ne les avait pas recouvertes et effacées. Après un fouillis assez confus, les pas s'éloignaient du rivage pour remonter jusqu'à l'endroit où ils s'effaçaient sur le sable sec et léger. Quelques vestiges la menèrent cependant jusqu'au sentier qui limitait la plage. Là, plus rien. Peguy, inquiète, suivait, toute penaude, sa maîtresse.

« Il y a combien de temps que vous dormez ainsi?

— Je ne sais pas, madame, mais le petit ne peut être loin, il y a très peu de temps qu'il jouait près de moi.

— A quelle heure êtes-vous descendue sur la plage?

— A une heure, aussitôt après le déjeuner. »

La comtesse regarda sa montre.

« Il est près de quatre heures. Cette femme a dû s'endormir assez rapidement. Toutefois, pour faire son tas de sable, l'enfant a bien dû mettre une heure. Il y a probablement une heure qu'il a profité de l'inattention de sa nurse pour partir en expédition. Il a probablement voulu aller sur le port de pêche dont il m'a parlé. Le concierge l'aura cependant vu passer. Je ne comprends pas qu'il ne l'ait pas empêché d'aller plus loin. »

Toujours suivie de la nurse qui s'essoufflait pour l'accompagner, elle alla interroger le cerbère qui avait si mal reçu Smith. Il était sur le pas de la porte de la vieille tour, fumant une longue pipe. A la vue de la vieille dame, il se leva et prit l'attitude d'un soldat devant un supérieur, aussi servile et doucereux qu'il avait été arrogant et grossier avec Smith.

« Vous n'avez pas vu mon petit-fils, Otto?

— Non, madame la comtesse.

— Vous n'avez pas quitté la porte depuis quelque temps?

— Il y a deux heures que je suis ici sans bouger.

— Où peut-il être allé? se dit la vieille dame. Peguy, vous allez suivre le mur à droite, moi, j'irai à gauche en appelant Jean. Vous remonterez par le sentier jusqu'au château. Vous, Otto, si vous voyez l'enfant, ramenez-le-moi et avertissez-moi en sonnant la cloche à toute volée.

— Bien, madame la comtesse. »

La grand'mère, affolée, Peguy, inquiète de ce qui allait lui arriver, miss Bruce mise au courant et s'étant mise aussi à la recherche de l'enfant, s'étaient retrouvées sur la terrasse, devant le château, après deux heures de vaines investigations et se communiquaient leurs impressions et leurs craintes quand la cloche de la grille se fit entendre.

JEAN DONNAIT LA MAIN AU BON GEANT SMITH

« Ah! enfin! s'écria la vieille femme, Otto va nous le ramener. »

Trevensdale parut sur le seuil du perron et demanda :

« Pourquoi donc Otto sonne-t-il ainsi? »

La douairière le mit au courant.

« Donnez une correction à cet enfant pour qu'il ne recommence pas. Vous êtes trop douce pour lui et vous n'en obtiendrez plus rien.

— Mon cher Trevensdale, dit aigre-douce la comtesse, ne vous occupez pas de l'éducation de cet enfant; vous avez toujours vécu seul et en égoïste et vous êtes peu compétent en cette matière. »

Rabroué et pas content, le châtelain, l'air renfrogné, rentra dans le hall.

Un quart d'heure se passa, puis, au détour du chemin, on vit apparaître le petit garçon qui donnait la main au bon géant Smith, tandis que, le nez tuméfié et l'œil en compote, Otto suivait, penaud et farouche en même temps.

« Madame, dit Smith, voici un petit enfant qui s'était égaré et que Mr. Mac Pherson m'a chargé de vous ramener.

— Vilain enfant! dit la comtesse, dont la joie perçait sous la remontrance, quelles inquiétudes tu nous a données! Vous remercierez Mr. Mac Pherson, monsieur, et prenez ceci pour votre peine.

— Merci, madame, dit Smith en repoussant l'argent, j'ai ordre de ne rien accepter, et cet enfant est si mignon que cela a été pour nous un vrai plaisir de le recueillir et de le reconduire.

— Vous êtes trop aimable, mais cela me contrarie de vous avoir fait perdre votre temps.

— Tenez, madame, dit gaiement le bon Smith, peu au courant du protocole, donnez cet argent à votre concierge, nous nous sommes expliqués un peu vivement et cela lui sera une petite compensation.

— Oh! non, grand'mère, pas à lui, il a été trop méchant, il ne voulait pas laisser entrer ce monsieur qui est si gentil et il a voulu le battre, seulement il n'a pas été le plus fort.

— Quoi que vous m'ayez dit, Otto, cet enfant était sorti.

— Pas par la grille, alors, dit, bourru, le concierge.

— Mais si, j'ai profité de ce qu'il entrait chez lui pour me faufiler et j'ai couru jusqu'au port, comme l'autre jour.

— Bien, tu me raconteras cela tout à l'heure. Laisse aller Mr. Smith, remercie-le et ne recommence plus. »

Jean, docile, alla gravement donner sa petite main au géant en lui disant :

« Merci, monsieur, merci pour les bonnes confitures. Embrasse bien Disco pour moi.

— Qu'est-ce, Disco?

— C'est notre chien, madame ; il doit, comme nous, aimer les enfants, car il a fait toutes sortes de caresses à ce petit garçon. »

Smith salua et, prenant cavalièrement le concierge par le bras, lui dit :

« Allons, vieux, viens avec moi m'ouvrir la grille que tu as fermée. Tu avais ta consigne, moi la mienne, mais tu as eu tort d'être le moins fort, et aussi le plus bête. Du moment que j'amenais l'enfant, je n'étais pas un malfaiteur. »

Otto ne devait pas être d'un caractère aussi aimable que son collègue Dick, qui n'avait pas montré de rancune envers Smith, et ce fut en bougonnant qu'il suivit son vainqueur. Il ne lui adressa la parole qu'en lui fermant la grille sur le dos.

« Un jour ou l'autre, tu me le paieras. »

Smith, riant, lui répondit :

« Toujours tout prêt à payer mes dettes, mon vieux, et avec de la bonne monnaie. »

Pendant ce temps, le petit Jean racontait son odyssée à sa grand'mère et à miss Bruce.

« Je t'assure, grand'mère, que je n'ai pas fait tout à fait exprès. Peguy dormait, elle ne parlait pas, je commençais à m'ennuyer d'être tout seul. La mer, au lieu de venir, s'en allait et ne venait pas à l'assaut de mon château. C'était pas amusant! Alors, tout doucement, je suis allé jusqu'au chemin tout en haut de la plage, tu sais, là où il y a des plantes avec des fleurs jaunes. Il y avait un gros papillon, j'ai voulu l'attraper, j'ai couru après, mais j'avais beau vouloir le prendre avec mon chapeau, il s'échappait et allait toujours plus loin; puis je ne l'ai plus vu. J'étais dans le bois et j'ai marché un peu. Je ne savais plus du tout où je me trouvais. J'étais perdu, j'ai eu peur, j'ai couru et je suis arrivé sur la route, près de la grille par laquelle miss Bruce et moi nous étions passés, l'autre jour. Je n'avais plus peur, puisque je savais où j'étais; alors, i eu envie d'aller voir le port de cheurs, si drôle avec ses maisons sales, barques et ses filets, et puis, il y a monde, tandis que sur la plage, ici, n'y a personne. Seulement, à la porte, y avait le gros roux qui était assis et naît. Il est méchant, je l'ai vu après, is je ne le savais pas. Il me faisait ur tout de même ; j'aurais voulu pas- sans être vu, mais je ne pouvais s. Tout à coup, je le vois qui se lève disant un gros mot, il secoue sa pipe rentre dans sa maison; j'en ai profité ur sortir sans être vu, et alors, j'ai uru, j'ai couru tellement vite que j'ai obligé de m'arrêter pour pouvoir res- er. C'est drôle quand on court vite 'on soit essoufflé comme ça, pourquoi, , grand'mère?

— Je t'expliquerai cela plus tard. Alors t'es arrêté?

— Oui, et j'ai regardé si le gros roux suivait. Je ne l'ai pas vu; alors, j'ai ntinué à marcher. Je ne m'y reconnais- s plus. Il me semblait bien que c'était r là que miss Jennie et moi avions ssé, mais je me trouvais devant une ande maison au bord de la route, avec s tours pareilles à celles de la grille, is plus grosses et plus hautes. Dans e niche, il y avait un gros chien qui, me voyant, s'est mis à aboyer si fort 'un monsieur est sorti et m'a demandé que je faisais là. Je lui ai dit que je ulais aller voir des bateaux sur le port, des filets, et des poissons.

« Mais ce n'est pas par ici, mon petit i, je vais t'y conduire. Mais tu as trop aud, entre un moment. »

Il avait l'air tellement gentil, grand'- re, j'avais tellement chaud que je n'ai s eu peur et que je l'ai suivi. Quand le os chien qui était attaché à sa niche vu que j'entrais avec le monsieur, il a aboyé, mais pas du tout de la même façon, en remuant sa grande queue.

« Il n'est pas méchant, me dit le monsieur, je vais te présenter à lui, car il est très poli, mon chien, mais susceptible. Il va te donner la patte et, ensuite, vous serez une paire d'amis. » Oh ! grand'mère, tu me donneras un chien comme Disco, c'est si amusant! Il m'a donné la patte, il m'a flairé, il m'a léché toute la figure, et j'ai entendu le monsieur dire à celui, le grand, qui m'a ramené : C'est étonnant, on dirait qu'il connaît cet enfant! Puis le monsieur m'a fait goûter, m'a donné du lait, des gâteaux, des confitures, un tas de bonnes choses, m'a demandé où j'habitais. Il a paru étonné quand je lui ai dit que c'était dans le grand château, avec toi, grand'mère, et que tu m'avais dit que maman allait venir bientôt. Enfin, il m'a conduit au port de pêcheurs, m'a expliqué beaucoup de choses, et, avec Mr. Smith, m'a reconduit jusqu'à la grille du château. En partant, il m'a dit :

« Mon petit ami, comment t'appelles-tu?

— Jean, monsieur.

— Jean comment?

— Jean Bricout.

— Jean Bricout ? » Il a eu l'air si surpris, si étonné qu'il en a lâché sa canne et c'est d'un air tout drôle qu'il a dit au grand : « Va, Smith, conduis cet enfant à sa mère », et il est parti vite, vite. Je n'ai même pas pu lui dire au revoir. Il faudra, dis, grand'mère, que j'aille bientôt lui dire merci. Tu viendras avec moi, dis? »

Comme impatientée, la grand'mère répondit :

« Tu dois être fatigué, tu vas dîner et on va te coucher. Ta nurse va te veiller et un peu mieux que cet après-midi, n'est-ce pas, Peguy ? »

CHAPITRE XII

OU MAC PHERSON TOMBE DANS DES MAINS IMPITOYABLES

REVENSDALE, les sourcils contractés par la colère, les yeux flamboyants, les ings crispés, se dressait comme un coq r ses ergots devant la comtesse qui, ise dans un fauteuil, jouait négligem- nt avec un coupe-papier d'ivoire.

« J'en assez de cette comédie, Frida, criait-il, qu'attendez-vous pour exécuter mes ordres?

— Que vous soyez mon maître, Trevensdale, et je ne sache pas que je vous sois subordonnée.

— Et ceci, belle comtesse de parade, ne me donne-t-il pas autorité absolue sur vous? N'êtes-vous pas, par serment, obligée, comme tout agent secret, de vous soumettre à mes ordres? Jusqu'ici, j'ai négligé de vous montrer cette pièce, regardez et répondez. »

La comtesse, que Trevensdale venait d'appeler Frida, prit et lut le document. Elle pâlit, mais, reprenant aussitôt son calme, répondit :

« En effet, de par l'ordre de l'empereur, vous avez toute autorité sur les agents allemands dans les îles britanniques, mais moi, par cet ordre qui me vient du chancelier du Reich et qui est postérieur au vôtre, je ne dépends que de moi et je ne dois agir que pour le mieux des intérêts allemands.

— Frida!

— Trevensdale! »

De rouge, le châtelain était devenu livide. Frida avait repris son air ironique.

« Frida, avez-vous donc au cœur un autre sentiment que l'amour de votre patrie?

— Sauf l'amour que j'ai pour mon fils, mon petit Jean, je n'ai même pas celui de l'argent ni de la gloriole. En pouvez-vous dire autant, Trevensdale? Je crois que vous savez combiner agréablement vos intérêts d'argent, de vanité et votre patriotisme. Vous avez fait votre pelote assez gentiment.

— Pas aux dépens de l'Allemagne.

— Avec son aide, en tout cas. Moi, jusqu'à présent, j'ai sacrifié à mon pays mon amour pour le père de mon enfant et je n'ai pas monnayé les services que j'ai rendus.

— Allons, Frida, ne vous fâchez pas. Nous sommes ici deux champions de l'Allemagne, nous la servons avec nos vertus, nos qualités, nos défauts. Je considère que je suis le maître tenant mon autorité de l'empereur; vous vous dites libre, tenant la vôtre du Reich républicain, comme si ce n'était pas un vain mot! Enfin, je ne vous commande plus, je vais vous persuader. Il est urgent que Mac Pherson disparaisse. J'ai la conviction, maintenant, que c'est lui qui vient de nous faire avoir une grosse perte.

— Vous avez éprouvé une perte?

— Eh oui. Georges Oldmen peut vous mettre au courant.

— N'est-ce pas le commandant de votre yacht?

— Oui, vous le connaissez?

— Je l'ai connu, il y a un an, quand j'opérais sur la côte de la Méditerranée, mais il ne me reconnaîtra pas sous mon accoutrement. »

Trevensdale fit appeler le jeune officier qui se tenait sur la terrasse, devant le manoir.

« Oldmen, dit-il, racontez votre mésaventure à madame la comtesse. »

Le jeune officier expliqua qu'après avoir embarqué secrètement et nuitamment la cargaison d'armes, il s'était rendu dans un port de Suède qui lui avait été désigné. A cet endroit, il devait transborder sur un navire finnois toute la contrebande de guerre dont il était chargé. Or, les ordres qu'il avait reçus lui avaient été donnés par Trevensdale lui-même, dans le hall, et le commandant du bateau finnois ignorait totalement le contenu des caisses. Malgré toutes ces précautions, aussitôt que les colis eurent été portés dans l'autre navire, de nuit et sans bruit, des policiers suédois accompagnés d'un agent français, avaient fait irruption sur le bateau et avaient confisqué la cargaison avant même d'en avoir contrôlé la nature. Oldmen n'avait eu que le temps de rejoindre son bord et de filer à toute vapeur, malgré l'ordre d'arrêt qui lui avait été donné. D'où venait la trahison ? Le mystère paraissait d'autant plus insondable que l'autorité suédoise possédait la liste complète des armes et la façon dont la contrebande devait s'opérer. Or, il n'y avait au courant que Mr. Trevensdale, Dick et lui, Oldmen, tous les trois, non seulement insoupçonnables, mais trop prudents pour laisser percer une parcelle de la vérité.

Dick, appelé, n'hésita pas à dire que la trahison venait de celui qui avait dérobé le fusil mitrailleuse. Comment avait-il pénétré dans la crypte ? Ce ne pouvait être que par l'orifice de la grotte et encore, à la marée la plus basse. Depuis ce jour, il n'avait cessé d'exercer une surveillance constante, mais il n'avait rien trouvé. Il avait pensé, un moment, à la secrétaire de la comtesse, mais il avait dû renoncer à cette idée.

« Qui donc a pu pénétrer ainsi ? dit Trevensdale. Je ne vois que ce Mac Pherson qui, lors de l'arrivée du sous-marin, n'était pas chez lui, vous le savez, comtesse. Il est donc nécessaire qu'il disparaisse, et le plus tôt possible.

— Allons, Trevensdale, ne vous agitez pas. Votre soupçon est suffisamment motivé ; le fantôme vert va encore porter malheur à quelqu'un.

— Dick, dit Trevensdale, ce soir, il va falloir tout préparer. J'ai reçu l'avis que le sous-marin allait arriver. Nous allons arrimer tout ce que Lowe a apporté hier et il y a trois jours. J'espère que cette fois, cet embarquement se passera sans témoin indiscret.

— S'il y a un espion, ajouta le pseudo-domestique, nous le prendrons et nous saurons bien lui faire cracher la vérité.

— Dépêchez-vous, Dick, faites-vous aider d'Oldmen, il commence déjà à se faire tard, et vous savez que le sous-marin ne peut attendre plus de deux heures ; la pleine mer se trouve vers dix heures du soir ; il est six heures ; dans trois heures il faut que le chargement se trouve sur le quai. »

....

Mac Pherson et Smith, depuis l'avertissement anonyme, s'étaient rassurés. De longs jours s'étaient écoulés et la porte invisible ne s'était pas rouverte, la sonnerie n'avait pas encore retenti, et Disco n'avait pas montré, par une inquiétude quelconque, l'approche d'un étranger. Smith et Mac Pherson parlaient souvent du petit Jean.

« Dis-moi, Smith, j'ai bien entendu ! Il a dit Jean Bricout ?

— Oui, patron, et avec cela, il n'y a pas de doute, il vous ressemble. »

Mac Pherson restait comme accablé.

« Elle aurait eu un fils de notre mariage et elle aurait eu l'audace de l'appeler de mon nom ! Oh ! cette Frida, cette exécrable Allemande, qui m'a dupé et failli me déshonorer, elle a su garder ce secret terrible, cette dernière arme pour me vaincre définitivement. Elle ignore encore qui je suis, sans cela elle aurait déjà agi. Avant d'être brûlé, mon vieux camarade, il est nécessaire que j'aille encore faire une excursion dans le lac souterrain. Déjà Lowe est venu deux fois, il est probable que le sous-marin va venir.

— Patron, vous allez vous faire prendre.

— Je serai prudent, et rien ne peut leur faire supposer qu'il y aura un témoin de leur contrebande.

— Ils ont dû s'apercevoir de la disparition du fusil.

— Peut-être, mais ils auront supposé que c'était Ludendorff qui l'avait emporté. »

Smith secoua la tête.

« Si je ne vous vois pas revenir, patron, je démolis le mur ici, et par le couloir secret, je saurai bien retrouver le Trevensdale et lui faire dire où vous êtes. Le Dick, qui est un de leurs comtes, sait, quand je serre, que je fais mal.

— C'est bien, c'est bien, mon vieux camarade, pas d'imprudence de ton côté, sois tranquille, je m'en sortirai indemne comme l'autre fois. »

Toutefois, avant de partir, comme s'il avait le pressentiment d'un malheur, l'aubergiste eut soin de mettre dans sa poche des pièces d'identité au nom de Jules Beaumont, de façon à égarer les soupçons loin de Mac Pherson et de Smith. Il quitta avec émotion son ami et, grâce à la complaisance de Mac Culloden, put, à marée basse, sans être aperçu de personne, gagner la grotte et pénétrer dans la lagune souterraine. La manœuvre lui fut beaucoup plus facile et, par prudence, il n'alluma pas sa petite lampe, gagna dans l'obscurité la paroi opposée au quai et se posta dans son observatoire, derrière les stalactites qui formaient la colonnade bizarre au fond du lac marin.

Quand il parvint à cet endroit, il devait être six heures du soir, mais Mac Pherson ne pouvait se rendre compte de l'heure qu'approximativement par les progrès de la marée.

« Encore quatre heures avant la pleine mer et neuf heures avant le moment où je pourrai filer, c'est long ! Surtout dans cette obscurité et ce silence. Si je réussis comme la dernière fois, je n'aurai pas perdu mon temps. Ce que je ne comprends pas très bien, d'après ce que j'ai lu dans la dernière lettre de France, c'est comment le ministre a pu savoir le lieu de débarquement du yacht « Le Cygne ». Je savais qu'il contenait de la contrebande de guerre, mais j'ignorais où il la portait. Qui a pu donner ce renseignement exact ? Je me perds en conjectures ! Enfin, le principal est fait, et avec mon brave camarade Porthos, qui étouffe sous son camouflage écossais, je vais pouvoir regagner la France et m'éloigner de cette Frida Olzmann, de cette Anna qui m'a si bien joué. Mais il y a ce petit Jean, mon fils, à n'en pas douter, pour lequel je me suis tout de suite senti attiré avant même de savoir qui il était... Mon fils ! Un fils de cette Allemande qui va l'élever dans la haine de la France, qui porte mon nom ! Quelle vengeance effroyable médite donc cette femme ? Car certainement, elle rêve de m'opposer mon fils, de me déshonorer par lui ; elle doit avoir changé son amour pour moi en une haine réfléchie et, avec l'esprit et l'intelligence que je lui connais, sa ténacité, sa persévérance, son manque absolu de scrupules quand il s'agit de servir l'Allemagne ou son instinct de vengeance, je sens que c'est par mon fils qu'elle veut me frapper, en frappant en même temps mon pays. Je n'ai qu'une détermination à prendre. Cet enfant porte mon nom, il est donc à moi, je le soustrairai à l'influence pernicieuse de cette Allemande. Je le lui enlèverai et en ferai un bon Français. »

L'aubergiste se laissait aller à ses réflexions et ne s'apercevait pas qu'insensiblement la mer montait. Déjà le flot tranquille du lac ne laissait plus, entre la pointe des stalactites, qu'un espace restreint, lorsqu'une sonnerie stridente interrompit le cours des pensées du pseudo-Ecossais.

« Attention, se dit-il, la grotte va s'éclairer, masquons-nous le mieux possible. »

En effet, presqu'aussitôt, la lumière fit place à l'obscurité et un sourd grondement annonça l'arrivée du monte-charge. Le plateau était surchargé de caisses et deux hommes s'y trouvaient ; mais, avec effroi, Mac Pherson en aperçut sur le quai un troisième, qui n'était autre que Dick, autrement dit le comte Ulrich von Drachen. Les deux personnes que l'ascenseur avait descendues étaient Trevensdale et le jeune officier de marine, George Oldmen.

« Pourvu, se dit l'aubergiste, que Dick ne m'ait pas entendu ; si par hasard il épiait, je suis pris. Je vais tout de suite me décamoufler, afin de ne pas compromettre mon vieux camarade et lui permettre de rester quelques jours sous son déguisement. »

Rapidement et sans bruit l'Ecossais décolla de ses joues et de sa lèvre la barbe et la moustache et, avec son mouchoir trempé dans l'eau de mer, se frotta vigoureusement la figure.

« Pour le moment, se dit-il, Mac Pherson a vécu, je ne suis plus qu'un touriste égaré dans la grotte et qui n'a pas pu en ressortir à cause de la marée. »

Pendant ce temps, Trevensdale parlait avec animation à Dick. D'où il était, l'aubergiste ne pouvait entendre, mais il voyait parfaitement les gestes des interlocuteurs et Dick semblait indiquer qu'il n'avait rien entendu d'anormal. Les trois hommes se trouvaient à ce moment à l'endroit extrême du quai et inspectaient les parois rocheuses de la grotte. Ils se rapprochaient peu à peu de la colonnade derrière laquelle se tenait l'indiscret témoin. Heureusement, les Allemands n'avaient pas d'embarcation à leur disposition, et l'extrémité du quai se terminait sur la muraille à pic, à environ une vingtaine de mètres de la barrière des stalactites.

A ce moment, Mac Pherson entendit le comte von Drachen dire :

« Je ne pense pas qu'il y ait quelqu'un de caché dans la lagune ; en tout cas, il ne peut être que derrière ce fouillis de stalactites, et il nous est impossible pour le moment d'y aller voir. Attendons le sous-marin.

« Je suis perdu, se dit Mac Pherson, je n'ai même pas une arme pour me défendre. Une seule manière peut-être de m'en tirer, si on me découvre, c'est de dire que je me suis perdu dans cette grotte... »

Cependant, la sonnerie annonça l'arrivée du sous-marin et peu après, un bouillonnement se produisit à l'entrée de la lagune et le submersible émergea et accosta au quai. Le commandant sortit immédiatement et serra la main aux trois Allemands, tandis que, sans perdre de temps, l'équipage embarquait les nombreux colis que le monte-charge amenait incessamment. Sur une demande de Trevensdale, l'officier donna un ordre bref, un léger canot fut hissé de l'intérieur et mis à l'eau.

« Voici ce que je craignais, se dit Mac Pherson, attention, et jouons serré ; s'ils viennent de ce côté, j'appelle. »

Trevensdale, Ulrich von Drachen et Oldmen s'embarquèrent dans le canot. Deux matelots du sous-marin ramaient, et Oldmen prit la barre et dirigea l'embarcation du côté des stalactites. Mac Pherson jugea qu'il n'était que temps d'appeler et il le fit immédiatement en français :

« Holà ! Du canot, par ici ! » cria-t-il.

Stupéfaits, les rameurs s'arrêtèrent ;

« MESSIEURS, S'ECRIA BRICOUT, JE VOUS EN PRIE, VENEZ ME DELIVRER, JE NE SAIS COMMENT SORTIR DE CE GUEPIER. »

Trevensdale fit un « ach » bien teuton, tandis que les deux autres Allemands montraient, par leur expression, un étonnement intense.

Cependant, l'aubergiste passait sa tête à travers les stalactites et montrait les signes d'une joie délirante.

« Messieurs, je vous en prie, venez me délivrer, je ne sais comment sortir de ce guêpier.

— C'est bon, c'est bon, grommela Trevensdale, vous y êtes entré, vous n'en sortirez pas sans être fortement piqué. »

Le canot s'approcha des roches que surmontaient les colonnes calcaires, tellement serrées entre elles qu'elles formaient comme un grillage.

« Par où vais-je pouvoir passer ? dit d'un air penaud Mac Pherson, je me demande comment, avec ma barque, j'ai pu m'introduire ici ?

— C'est bon, dit Trevensdale d'un air bourru, ce n'est pas encore le moment des explications, elles viendront, n'en doutez pas, et complètes. Brisez une de ces colonnes avec un marteau, dit-il en s'adressant à un des matelots.

Un fût de pierre brisé, le prisonnier put sortir de son cachot.

« Que de remerciements, monsieur, dit-il en se tournant vers Trevensdale, mais comment allez-vous faire pour sortir la barque ?

— Ne vous en occupez pas. A marée basse, on ira la chercher.

— Oh, dit Mac Pherson en se frappant le front, ce que c'est que de n'être qu'un marin d'eau douce! C'est la marée qui m'a empêché de sortir, la marée et l'obscurité, car imaginez-vous, cher sauveur, dit-il au châtelain d'Eribol, que lorsque je me suis trouvé dans cette lagune, après une longue course sous la voûte qui y mène, en voulant éclairer la route avec ma lampe électrique, j'ai eu la maladresse de la laisser tomber dans l'eau et je me suis trouvé dans un lieu inconnu, dans une obscurité absolue, sans pouvoir retrouver l'endroit par où j'étais entré. J'ai cru un moment que je le tenais en sentant à droite, à gauche, sur ma tête, des rochers, mais je me suis égaré dans un dédale de rocs, de piliers, ma barque s'est échouée. De guerre lasse, épuisé, je me suis étendu au fond de ma barque et j'ai attendu. Je crois avoir dormi. Le bruit de voix et la lumière m'ont réveillé de ce cauchemar qui aurait pu, sans vous, devenir tragique. »

D'un air ironique, Trevensdale écoutait les explications que l'aubergiste donnait dans un anglais détestable et un accent déplorable. Pendant ce temps, le canot abordait et ses passagers débarquèrent sur le quai.

« Fouillez monsieur », dit Trevensdale quand Mac Pherson fut sorti de la barque.

Deux matelots, sans aménité aucune, empoignèrent le Français qui, indigné, protesta contre ce traitement insolite, mais voyant que ses réclamations étaient vaines, d'un mouvement brusque et vigoureux, il fit lâcher prise à ses agresseurs. Ceux-ci revinrent à la charge, mais poussèrent l'un après l'autre un cri de douleur et de rage et reculèrent, tenant chacun une de leurs mains dans l'autre.

Trevensdale, voyant la lutte, sortit de sa poche un revolver et fit feu sur l'aubergiste, mais Dick n'eut que le temps de faire dévier l'arme et, oubliant son rôle de domestique :

« Etes-vous fou ? Trevensdale. Si vous tuez cet homme, quels renseignements en tirerez-vous ? Vous aurez toujours le temps de le supprimer. C'est un Français il ne nous est pas connu. Est-ce bien vrai ce qu'il nous raconte ? C'est à voir. De toutes façons, il ne verra pas de si longtemps la lumière du jour et la liberté, s'il les revoit jamais.

— Vous avez raison, monsieur le comte, dit Trevensdale. Faites ficeler ce drôle trop adroit dans l'art du jiu-jit-su japonais pour ne pas être suspect et faites-le transporter par le monte-charge dans le grand hall. Il n'est que temps de faire embarquer les caisses, pour que le submersible puisse profiter de la hauteur de l'eau. Soyez tranquille, dit-il au commandant du navire, il n'y aura pas d'indiscrétions de la part de cet homme. Quand nous tenons quelqu'un, nous le tenons bien. C'est un Français certainement. Son compte est bon. »

CHAPITRE XIII

OU LA PERSONNALITE DE MAC PHERSON SE DECOUVRE

Après avoir résisté, pour la forme, en montrant son agilité et sa force, Mac Pherson ne fit plus aucune résistance. Encadré de deux robustes matelots du submersible qui avaient remplacé les deux premiers hurlant encore de douleur, il fut conduit par l'ascenseur dans le sous-sol du donjon, puis de là dans le hall. Pour plus de sécurité, les deux marins allemands lui avaient fortement lié les mains derrière le dos avec une grosse corde, n'en possédant pas d'autre sur le moment, et ils la serrèrent le plus possible jusqu'à en rendre les doigts violets. Mac Pherson semblait souffrir beaucoup de la striction, mais lorsque le nœud fut terminé, les mains avaient repris leur couleur normale.

Cependant, l'aubergiste, par la contraction de ses traits et un sourd gémissement étranglé dans sa gorge, montrait à ses gardiens, joyeux de sa souffrance, que la corde lui était tout à fait douloureuse.

« Tu ne fais pas camarade, dit avec un gros rire un des marins, mets tes mains en l'air, si tu peux.

— Cela te fait mal, dit l'autre, d'un air compatissant ; console-toi, cela ne sera pas pour longtemps. »

Les deux matelots parlaient en allemand, Mac Pherson ne devait pas comprendre cette langue, car il ne sourcilla pas et répondit en mauvais anglais :

« Desserrez donc votre corde, je souffre horriblement et je n'ai pas l'intention de m'échapper. »

Les deux matelots se mirent à rire, mais leur joie exubérante s'arrêta net par l'arrivée de Trevensdale, le comte Ulrich von Drachen, autrement dénommé Dick, et du jeune officier George Oldmen.

« Qu'y a-t-il ? » demanda Trevensdale aux deux hommes figés dans la position réglementaire.

— A vos ordres, Excellence, répondit le plus déluré, ce sale Français ne comprend pas un mot d'allemand, et quand nous lui faisons entendre qu'on va le tuer, il nous demande en anglais de desserrer les cordes, qu'elles lui font mal et qu'il ne veut pas s'échapper.

— Allons, dit en allemand Trevensdale à ses deux complices, c'est tant mieux qu'il ne comprenne pas notre langue, cela n'améliore pas sa situation, mais nous permettra plus facilement de discuter sur ce qu'il convient de faire.

— C'est un Français ou un Belge, dit Ulrich. Interrogez-le en lui promettant la vie sauve pour obtenir de lui toutes les révélations possibles. Après, vous le ferez disparaître. »

Pendant ce temps, Georges Oldmen regardait le Français avec attention et semblait perdu dans des réflexions profondes. Trevensdale se tourna vers Mac Pherson et lui dit :

« Qui êtes-vous ?

— Je suis un touriste qui s'est égaré et ne croyait pas, en visitant une grotte sous-marine, tomber dans une pareille aventure.

— Comment vous appelez-vous ? »

Mac Pherson devait avoir tout prévu, car il répondit :

« Vos argousins vous ont remis mon portefeuille, vous devez avoir déjà tous les renseignements que vous cherchez.

— Je ne l'ai pas ouvert.

— Vous avez eu tort, monsieur, car il y a de l'argent et de l'argent anglais.

— Monsieur, dit Trevensdale furieux, nous ne sommes pas des voleurs.

— Qu'êtes-vous donc alors ? répondit le Français avec ironie. Je suis assailli, fouillé, ligoté, dépouillé de ce que je possède, comment cela s'appelle-t-il ?

— Vous vous êtes introduit nuitamment chez moi et vous osez...

— Pardon, monsieur, je ne suis pas entré chez vous. Dans toutes les législations, au bord de la mer, la terre n'appartient aux riverains qu'à partir de la hauteur des plus fortes marées. Or, je ne suis entré dans cette grotte de malheur qu'en bateau, à marée basse et en plein jour. Je vous ai demandé assistance, et c'est vous qui m'avez assailli, volé, mis dans l'impuissance de résister et forcé d'entrer chez vous. Ne renversons pas les rôles, s'il vous plaît.

— Je ne prendrai pas la peine de discuter toutes ces questions de droit; si vous voulez sauver votre vie qui est en danger, je ne vous le cache pas, dites-nous franchement ce que vous veniez faire, qui vous êtes et votre parole d'honneur de ne pas révéler ce que vous avez vu, entendu et compris et, dans quelques jours, je vous laisserai continuer votre voyage.

— Je vous ai déjà expliqué ma mésaventure, je n'y reviendrai pas ; ce que j'ai vu et compris, c'est que vous faisiez de la contrebande et que cela devait vous rapporter pas mal, à en juger par votre château. Quant à me taire, du moment que j'aurai la vie sauve et que vous me laisserez aller tranquillement, même que dans quelques jours, je saurai me taire. Ma vie, que vous me dites menacée, vaut bien mon silence.

— Je vois que vous commencez à être plus raisonnable, dit ironiquement Trevensdale, je vais vous rendre votre portefeuille, et vous verrez que je ne suis pas un voleur.

— Dites d'abord à vos hommes de me délier les mains, vous ne sauriez croire combien cette striction prolongée devient pénible.

— Pas si vite, Herr Franzose ; devant vous, je vais regarder vos papiers. Ah, voici votre carte d'identité, au nom de Jules Beaumont, avec une photographie... Très bien, très bien... Le tout légalisé par la préfecture de police... Parfait. Des lettres à votre nom... Ah, vous habitez Paris, rue des Saussaies ? je connais Paris, il y a longtemps que je n'y suis allé, mais, la rue des Saussaies, ce n'est pas bien loin du ministère de l'Intérieur ?

— En effet, monsieur, dit flegmatiquement le prisonnier.

— Le ministère de l'Intérieur n'a-t-il pas la police sous sa coupe ?

— Je ne sais, monsieur, dit le Français, mais cela n'a aucun rapport avec ce qui nous occupe.

— Allons, tant mieux, dit Trevensdale, mais une pièce des plus importantes manque, c'est le passeport. Comment se fait-il qu'il ne se trouve pas avec les autres pièces ? »

Le Français tressaillit, mais son visage resta impassible.

« C'est vrai, il ne se trouve pas dans ce portefeuille. Il est dans un autre vêtement que j'ai laissé dans une auberge, non loin du village des pêcheurs, où j'ai loué la barque.

— Comment s'appelle cette auberge ?

— Ma foi, je l'ignore. C'est une vieille bâtisse avec deux grosses tours.

— L'auberge du Cheval-Blanc ?

— C'est bien possible.

— Au jour, on ira voir si ce que vous dites est vrai, mais d'ici là, vous resterez ici enfermé. »

Le jeune officier de marine, George Oldmen, s'avança entre les deux hommes et, d'une voix éclatante et martelée :

« Inutile de vous donner tant de peine, monsieur Trevensdale, cet homme ne s'appelle pas plus Beaumont que je ne m'appelle Oldmen, c'est un des agents les plus redoutables du contre-espionnage français. C'est lui qui, l'année dernière, a fait échouer la tentative du prince Hohenzollern à Nice, a eu l'audace de lui enlever un otage précieux à bord de son sous-marin, le même qui nous sert maintenant à transporter des armes en Allemagne. Quelques mois après, cet agent a arrêté lui-même le prince et le comte d'Eichemberg : c'est le policier Jean Bricout. Je le reconnais, j'étais à bord du sous-marin, je commandais la petite troupe qui a enlevé la femme du lieutenant de marine (1)... »

Sans chercher à nier, Jean Bricout l'interrompit.

« Ah, c'est vous, monsieur l'incendiaire, digne représentant des officiers de votre pays. Malgré votre figure poupine, vous êtes bien de cette race maudite, où le crime prend des allures révoltantes de cruauté et de lâcheté. Tenez-moi bien, monsieur Trevensdale, car, je vous le jure, libre et vivant, vos menées ténébreuses prendront fin.

— N'ayez souci de rien, monsieur le policier et espion français, vous ne sortirez pas vivant d'ici. »

Bricout haussa les épaules.

« Si vous saviez comme je tiens peu à la vie, à ma vie gâchée par une des vôtres.

— Ah, oui, Frida Olzmann, je sais, je sais, monsieur Bricout ; je suis plus que vous au courant de tout et, pour vous faire parler, je tiens une arme terrible contre vous.

(1) Voir *Toujours à l'affût.*

— Me faire parler, Trevensdale ? dit ironiquement Bricout. Quels que soient vos moyens, je vous en défie bien.

— Oh, je ne parle pas de souffrances physiques, il y a d'autres moyens de faire parler ceux qui ont des âmes généreuses et sensibles, et de ces moyens, je saurai bien m'en servir. Vous êtes marié, monsieur Bricout, et avec une de nos meilleures espionnes.

— Le mariage a été annulé, car je l'avais épousée sous un faux nom.

— Il n'importe. De cette union, il vous est né un fils qui porte votre nom, car il est né avant l'annulation de votre mariage, et ce fils, je l'ai à ma disposition. C'est un beau garçon et, par ma foi, il vous ressemble trop pour que vous ne puissiez pas le reconnaître. Saviez-vous cela, monsieur Bricout ? »

L'agent français avait pâli, hélas oui, il le savait depuis le jour où l'enfant s'était nommé, mais son camarade Porthos, sous le nom de Smith, courait le plus grand danger s'il avouait qu'il connaissait l'existence de l'enfant. Mac Pherson ne devait en aucun cas être considéré comme un avatar de Jean Bricout ; aussi, très froidement, répondit-il :

« Je ne sais, monsieur, quelle sorte de chantage vous voulez exercer sur moi. Je vous sais capable de tout ; quant à un fils que, soi-disant, j'aurais eu de mon mariage avec cette Frida, c'est la première nouvelle. Je n'y crois pas. Depuis longtemps cette femme s'en serait servie comme une arme contre moi.

— Cette Frida, dont vous parlez si dédaigneusement, ne voulait pas se servir de cet enfant. Elle vous aime, elle a cette faiblesse, la seule que je lui connaisse ; aussi, j'aurai bien soin de lui tenir secrète votre capture par moi et votre présence ici.

— Vous avez tort, elle chercherait à me tirer des renseignements utiles à son métier. Donnez-lui l'assurance que je ne dirai rien.

— Elle chercherait à vous sauver, rien de plus ; aussi, votre présence ici sera cachée, et comme j'ai besoin d'elle, de son enfant, votre fils, monsieur Bricout, je vais vous faire enfermer dans une des pièces de ce vieux donjon. Les murs sont

BRICOUT FUT JETÉ BRUTALEMENT SUR LE SOL

épais, les cris les plus violents sont étouffés et, d'une pièce à l'autre, on n'entendrait pas un coup de canon. »

Sur un signe de Trevensdale, les deux matelots encadrèrent de nouveau Bricout.

« Conduisez-le, dit Trevensdale à Dick, à la pièce située au-dessus de la chambre de la secrétaire de la comtesse. Les mains sont bien liées ?

— Oui, monsieur, dit un des matelots, elles en étaient toutes bleues.

— Bien. Une fois là-haut, vous le jeterez sur le lit et vous lui lierez également les pieds, sans oublier de le bâillonner. Les murs sont épais, les portes matelassées, mais deux prudences valent mieux qu'une. Quand vous sortirez, vous tirerez le verrou extérieur. Monsieur l'agent de la police française, vous aurez la sensation que vous avez si souvent fait éprouver aux nôtres, la prison et ensuite la mort. Celle-ci vous sera peut-être évitée, si vous nous donnez, de bonne grâce, je dis : de bonne grâce... »

Bricout regarda le sinistre bandit d'une telle manière que celui-ci s'arrêta. Le Français haussa les épaules et, ses mains toujours liées derrière le dos, gravit le perron et franchit le seuil du vieux donjon. Par la description faite par son camarade, il connaissait la disposition des lieux, mais, pendant qu'il gravissait le long escalier, il regardait partout, fixant dans sa mémoire les moindres détails. Arrivé sur le palier du premier étage où se trouvaient les chambres occupées par la comtesse, la nurse et le petit Jean et celle de miss Bruce, Bricout s'arrêta comme s'il était essouflé. Le comte Ulrich von Drachen se mit à rire :

« C'est encore plus haut, monsieur Jean Bricout ; vraiment, on croirait que c'est la voix du sang qui vous fait arrêter devant la chambre où dort votre fils. Demain, le petit Jean verra son papa, vous ferez sa connaissance, et à son grand dommage si vous ne voulez pas parler. Après, le fils ne souhaitera pas revoir son père. »

Le comte Ulrich ricanait en disant ces mots, sa face plate revêtait une apparence de cruelle bestialité. Les traits figés, Bricout écoutait l'Allemand, comme si ce discours ne le concernait pas, mais il était d'une pâleur livide, car il avait compris jusqu'où pouvait aller la férocité de ces hommes, ayant déjà assisté au martyre d'une malheureuse femme, pour arracher à son mari un secret qu'il détenait (1). Mais Bricout était d'une énergie surhumaine et il portait en lui ce flambeau qui illumine tous les sentiers obscurs de la conscience : le sentiment absolu du devoir et l'amour de sa patrie. Cependant, c'était un cœur sensible et tendre, et Trevensdale, prévenu, escomptait cette faiblesse pour triompher de la volonté de cet homme.

La voix rauque de l'Allemand résonnait étrangement sous les voûtes du donjon et, dans le silence, prenait un accent sinistre.

Après avoir gravi le second étage, ils introduisirent Bricout dans une vaste pièce et le jetèrent brutalement sur le sol, lui lièrent les jambes et fixèrent un bâillon aussi serré qu'ils le purent.

« Faites attention, dit le comte, ne l'étouffez pas, nous avons besoin qu'il vive, pour nous dire ce qu'il sait. »

Les trois gredins, éteignant toute lumière, quittèrent la chambre transformée en prison et verrouillèrent la porte à l'extérieur. Ils descendirent rejoindre Trevensdale.

Quand il les vit, le châtelain s'avança et dit :

« Eh bien ?

— C'est fait, dit le comte, l'homme, réduit à la plus complète impuissance, ne peut même pas crier.

— Maintenant, motus, surtout devant la comtesse ou Frida Olzmann ou madame Jean Bricout. »

Trevensdale s'arrêta net et regarda autour de lui avec inquiétude.

« N'avez-vous pas entendu ?

— Quoi donc ? répondit le comte.

— Une sorte de cri étouffé.

— Non, monsieur Trevensdale.

— Je crois que Frida a raison ; je suis sujet à des hallucinations, et le moindre craquement, le moindre bruit deviennent pour moi une cause d'inquiétude. Demain, Jean Bricout junior fera parler Jean Bricout père, mais il me faudra procéder à cet interrogatoire dans le plus grand secret et éloigné de toute oreille. J'attends Frida qui doit me débarrasser, cette nuit, de l'incommode aubergiste et de son domestique ; pas un mot de tout cela devant elle, qu'elle ne soupçonne rien ; elle est fine et, si elle savait mes projets, vous la changeriez en tigresse furieuse. C'est curieux comme l'amour, qu'il soit mater-

(1) Voir *Toujours à l'affût.*

nel ou autre, abêtit et avilit les gens. Je n'ai jamais aimé, moi. Si, cependant, ajouta-t-il avec un gros rire, moi-même, et c'est assez. »

D'un ton froid et sarcastique, le junker von Drachen répondit :

« Vous oubliez le Vaterland et le Kaiser !

— Eh non, mon cher comte, mais j'aime l'Allemagne à travers moi ; pour moi qui suis Allemand, je me grandis de sa gloire et m'enrichis de sa richesse. J'aime le Kaiser, le sers fidèlement, parce qu'il représente l'Allemagne et me représente, et c'est encore moi que j'aime en lui. Vous-même, mon cher comte, vous pensez de même. Fouillez bien tous les replis de votre conscience ; votre amour pour votre empereur et votre pays n'est pas complètement désintéressé. Du reste, qu'importe, si on remplit ses engagements, si on sert bien son pays et son maître. Mais si le moi n'est pas seul en cause, si on extériorise son sentiment par un amour quelconque, on se laisse envahir par des scrupules qui énervent la volonté : Amour conjugal, paternel, amitié, points faibles, dont un homme comme moi saura profiter pour faire parler cet infernal Bricout. »

Le comte resta un moment silencieux, mais ne parut pas le moins du monde choqué de cette cynique confession.

« Vous avez raison, Trevensdale, il faut éloigner de nous toute cause de faiblesse. La générosité envers un ennemi vaincu en est une. Quand il est à terre, il faut le piétiner jusqu'à ce qu'il crève. Le Deutschland profite en ce moment de la sentimentalité de Wilson, de l'égoïsme britannique de Lloyd George et de l'aveuglement anglophile de Clemenceau. Le tigre ne nous a pas déchirés et broyés sous ses dures mâchoires, à nous maintenant de reprendre nos forces et de nous tenir toujours à l'affût pour tuer notre ennemi séculaire. »

Trevensdale fit un geste d'assentiment, puis un signe impératif de silence. Une femme, la figure cachée par un loup de couleur verte, enveloppée d'un long manteau, apparaissait sur le perron.

CHAPITRE XIV

LE PERE ET LE FILS

Bricout avait été jeté brutalement, non sur le lit, que ses geôliers avaient trouvé bien trop moelleux et confortable, mais sur le carreau qui formait le sol de cet étage du donjon. La pièce était plongée dans l'obscurité, mais la vaste baie semblable à celle de l'étage inférieur laissait pénétrer la lueur faible des étoiles et du mince croissant de lune. Au bout de quelques minutes de séjour, les yeux de l'agent français purent enfin discerner quelques détails. Il inspecta avec attention toute la pièce, semblant vouloir percer l'obscurité plus profonde dans les angles de la vaste chambre. Mais quelle bizarre agitation se manifestait en lui ! quelles contorsions lentes et comme combinées ! Le silence absolu sembla le rassurer et, brusquement, les mains libres, il s'assit et, avec rapidité, ota son bâillon et se mit à défaire les liens qui entravaient ses jambes.

Pendant qu'il desserrait les cordes serrées, il se disait :

« Ouf ! Heureusement, ces matelots sont encore novices pour faire des nœuds, surtout avec des cordes aussi grosses. Ils ne connaissent pas encore toutes les roueries du métier. Je crois que si je n'échappe pas à la mort, je leur ferai payer cher ma peau. Je crains bien que ces misérables veulent m'extirper des confidences en torturant ou tuant devant moi ce pauvre petit Jean, mon fils ! Mon fils, ce serait mon fils et jamais je n'en ai rien su ! D'abord, est-ce possible ? Avec cette Frida, toutes les ruses sont possibles et, cependant, m'aurait-il dit ce nom ? personne ne se doutait qui j'étais ; elle ne connaissait pas Porthos et rien n'a pu la mettre sur la voie. Si c'est mon fils, il faut que je le sauve et le mette hors de l'influence de cette Boche maudite, qui me poursuit de sa haine... de sa haine ou de son amour... Je ne sais trop, ces deux sentiments exaspérés peuvent conduire une femme exaltée au même but. De toutes façons, si ce n'est pas mon fils, je ne peux laisser torturer un pauvre petit innocent, et il me faudra trouver des histoires vraisemblables, mais fausses, pour leur faire croire que je cède... Si Porthos était prévenu à temps... par qui?... comment?... A lui seul, il serait capable de venir à bout de cette bande d'assassins... Ah! voici mes pieds qui sont libres, mais ces brigands les ont tellement serrés que je ne peux encore marcher. Je n'ai pas pu, comme pour les mains, employer le même moyen... Attendons un peu, et puis j'explorerai ma prison. Tiens, ils m'ont remis mon portefeuille et mes papiers, et même mon argent. Je comprends, ils espèrent me tuer et faire croire à un accident. L'accident se produira peut-être, mais, pauvre niais de Trevensdale, si on retrouve le cadavre de M. Beaumont, personne de la police française ne pensera à un accident, mais à un crime, et ton trafic, Trevensdale, sera tout au moins suspendu. Si Porthos t'échappe, je ne donnerai pas deux liards de ta peau... Ah! cela commence à aller mieux! Les pieds me piquent, mais je peux me tenir debout. »

Se levant avec précaution, Bricout se dirigea d'abord vers la fenêtre pour se rendre compte de la distance au sol. Elle était trop considérable pour songer à une évasion, même avec les quelques mètres de corde avec laquelle on l'avait ligoté.

« Rien à faire de ce côté. Voyons la porte. »

Il tourna le dos à la fenêtre et se dirigea vers l'extrémité opposée. Dans la nuit, dans un endroit inconnu, il semble que les distances soient énormes. Bricout trouva la pièce immense, se dirigeant à tâtons, en suivant autant que possible une ligne droite, grâce à la clarté que lui donnait l'ouverture qui lui permit de ne pas faire d'écarts trop grands. Il se heurta sur le bord du lit qu'il n'avait pas encore remarqué et sur lequel il faillit culbuter, la tête en avant. Haletant et craignant que le bruit ne s'entendît au milieu du pesant silence, il s'arrêta et écouta. Rien. Il allait continuer son exploration quand il crut percevoir un grattement qui se produisait à la porte. Glissant sur le sol et ne faisant aucun bruit, il s'approcha et appliqua son oreille sur le bois épais. Pas de doute, une sorte de frottement se produisait de l'autre côté des épais vantaux de chêne.

« Qu'est-ce cela ? se dit Bricout. Quelqu'un m'espionnerait-il? »

Les frottements mystérieux continuaient. Bricout entendit nettement de petits chocs répétés, non contre la porte, mais comme s'ils se produisaient à terre, chocs précédés et suivis de ces frôlements véritablement inexplicables. Ces bruits cessèrent brusquement et ne se renouvelèrent plus.

« Bah! se dit Bricout, je suis sot de penser à un espionnage : c'est un animal quelconque, un chien, qui a probablement l'habitude de venir la nuit dans cette chambre et qui en trouve la porte fermée. »

Cette hypothèse fit passer Bricout à un autre ordre de recherches. Il venait de trouver sous sa main un commutateur pour la lumière et il faillit tourner le bouton.

« C'est bien tentant d'y voir clair, ne fût-ce qu'un instant, mais du dehors, on pourra voir la fenêtre éclairée. Y a-t-il moyen de la masquer? Retournons à la fenêtre. »

C'était facile, grâce à la clarté de la nuit. Avec satisfaction, Bricout s'aperçut qu'un rideau épais pouvait être tiré, séparant, comme dans toutes les autres chambres du donjon, l'embrasure de la pièce principale. Il tira la tapisserie, regagna la porte et fit la lumière.

« Ouf! Cette obscurité m'étouffait! »

Curieusement, Bricout examinait sa prison. C'était une grande salle analogue à celle qu'habitait miss Bruce, mais meublée très sommairement : un lit de fer dont les matelas n'étaient même pas garnis de draps, une armoire, quelques chaises dépareillées. On voyait que jamais cette chambre n'était habitée.

« Rien qui puisse me servir d'arme, » se dit Bricout, déçu.

Ses yeux se portèrent sur la cheminée qu'il n'avait pas encore aperçue. Il s'y trouvait de gros chenets. Il bondit dessus et, d'une main robuste, brandit une lourde masse de fer.

« Avec cela, j'en assommerai bien un ou deux. Me voici armé pour la bataille, mais comme je ne serai pas le plus fort, la retraite vaudrait mieux. »

Posant son chenet près de lui, il examina la porte de chêne. Il chercha à voir si, en se servant du morceau de fer comme levier, il ne pourrait pas la faire sortir de ses gonds. Ceux-ci se trouvaient à l'extérieur et le haut de la porte était retenu par la voûte de pierre. Une grosse serrure se trouvait de son côté, mais elle ne pouvait même pas servir à s'enfermer, il n'y avait pas de clef et le pène n'était même pas poussé.

A ce moment, il entendit un peu de bruit sur le palier, bruit singulier, comme quelque chose qu'on traînerait. La lumière pouvant le trahir par le trou de la serrure, il éteignit et appliqua son œil à la petite ouverture. Il put voir le vestibule désert et faiblement éclairé, et, cependant, les frôlements déjà perçus se renouvelaient, puis un léger grincement et un petit cri de satisfaction. Comme Bricout appuyait un peu sur le vantail, il sentit que la porte cédait et s'entr'ouvrait légèrement, faisant grincer sur le carreau comme un objet que l'on pousserait, puis le bruit sourd d'une chute d'un corps mou, suivie immédiatement d'un autre petit cri étouffé.

Bricout prit son chenet à la main par précaution d'une attaque possible, bien qu'il ne comprît pas toutes ces précautions contre un homme qui devait être désarmé et impuissant. A sa grande stupeur, la porte s'ouvrit tout doucement et, par l'entre-bâillement, il vit une petite ombre et entendit une voix assourdie et tremblante d'émotion qui disait en chuchotant :

« Papa, mon petit papa, es-tu ici ? »

Bricout reçut un coup au cœur.

« C'est un enfant! Celui qu'on prétend être mon fils! Est-ce encore un piège? Peut-être est-ce le salut qui m'arrive. Puisque ma situation ne peut être pire, tombons dans le piège pour ne pas perdre l'occasion de me sauver. »

Pendant qu'il se faisait ces réflexions, l'enfant, ayant peur du silence, répéta plus haut.

« Mon petit papa, c'est le petit Jean qui est ici. Puis-je entrer?

— Entre, mon petit! Surtout, ne fais pas de bruit. »

Le petit Jean entra en tirant un peu plus la porte. Bricout prit l'enfant par la main qui tremblait un peu, referma la porte et, avec son mouchoir, boucha le trou de la serrure, tourna le commutateur et put examiner enfin l'enfant qui, en sandales, revêtu d'un gracieux pyjama, les cheveux bouclés, ressemblait à un chérubin.

Il l'avait déjà vu quelques jours auparavant, mais aujourd'hui, il le contemplait avec inquiétude d'abord, amour ensuite, car, en effet, c'était bien son portrait enfant, c'était bien son fils, et c'était

A SA GRANDE STUPEUR, BRICOUT APERÇUT LE PETIT JEAN

ce pauvre petit qu'ils voulaient torturer pour lui arracher des aveux et des renseignements. Bricout se sentait maintenant de force à lutter contre ses assassins pour sauver cette existence qui, brusquement, lui devenait plus chère que la sienne. Déjà, l'infâme espionne, cette Frida qu'il exécrait, lui devenait moins odieuse, elle était la mère de son fils, de cet adorable enfant dont les yeux naïfs, tendres et brillants d'intelligence, se fixaient sur ceux de ce papa, si longtemps et si vainement promis. Il avait été bien sage pour avoir cette récompense, et le papa était là qui l'embrassait et qui, d'une voix tendre, lui disait :

« Jean, mon petit Jean, que tu es beau! »

Le petit garçon se laissait câliner par ce papa si miraculeusement retrouvé, dont il avait vu si souvent le portrait.

« Oh! mon papa, je te connaissais bien, et quand tu as allumé, je t'ai reconnu tout de suite; quand les méchants te battaient dans l'escalier, je ne t'ai pas bien vu; heureusement, ils ont dit que tu étais mon papa, sans cela, je ne l'aurais pas su et je ne serais pas venu te voir.

— Mais tu étais donc là, mon petit Jean?

— Dans ma chambre, avec ma nurse.

— Mais elle va voir que tu es parti?

— Oh! non, elle dort si fort qu'elle ronfle et qu'elle me réveille. Cette nuit, j'ai entendu de drôles de bruits en plus de son ronflement et j'ai voulu voir ce que c'était. Tout était allumé, je suis descendu, mais comme j'ai entendu du bruit en dessous, des gens qui semblaient en colère, j'ai été vite me cacher dans ma chambre et j'ai regardé en laissant la porte un peu ouverte. C'est alors que j'ai entendu que tu étais mon papa et qu'on était très en colère contre toi, qu'on allait t'enfermer en haut, dans la chambre. Il y a si longtemps, si longtemps que maman et grand'mère me disent que je te reverrai si je suis bien sage que je n'ai pas pu attendre plus longtemps; quand les méchants sont descendus près de Mr. Trevensdale... tu sais, il est méchant aussi, celui-là, il n'aime pas les enfants et il a voulu me faire battre. C'est lui aussi qui veut te faire battre?

— Oui, mon petit Jean chéri.

— Eh bien! on le dira à maman et à grand'mère...

— Nous serons battus tous les deux avant que nous puissions le leur dire, dit Bricout, en souriant à l'ardeur de ce petit être.

— Alors, il faut nous en aller, dit avec résolution le petit Jean.

— Allons-nous-en, mon petit Jean, mais par où? Toutes les portes sont fermées et ceux qui m'ont conduit ici doivent veiller.

— C'est-il donc que tu n'as pas été sage, dis, papa, qu'on a voulu t'enfermer?

— Non, mon petit, c'est par méchanceté, comme le monsieur qui voulait te faire battre.

— Nous allons nous en aller, dis, papa?

— Oui, mon petit, mais comment as-tu fait pour m'ouvrir la porte?

— Ah! voilà! Quand les méchants sont descendus, j'ai monté tout doucement et j'ai essayé de tirer le morceau de fer, mais j'étais trop petit et j'avais beau sauter, je ne pouvais pas. »

Bricout comprit alors le bruit étrange qu'il avait entendu.

« Alors, continua l'enfant, j'ai été chercher une chaise dans ma chambre pour grimper dessus. Ah! ça a été dur de monter l'escalier et de ne pas faire de bruit, mais je suis fort et j'y ai mis le temps, mais j'ai pu arriver à tirer le morceau de fer. »

Bricout embrassa éperdûment son fils qui venait ainsi délivrer son père.

« Je vois, mon petit Jean, que tu es tout à fait un petit homme et que tu es courageux. Ces méchants veulent tuer ton papa et veulent même te faire du mal. Il faut nous en aller, mais sans être vus. Sais-tu par où nous pourrions partir? Je ne connais pas la maison, mais toi, tu dois avoir couru dans tous les coins. »

Petit Jean secoua la tête avec conviction.

« Oh! oui, papa, bien que le méchant monsieur l'ait défendu ; mais comme grand'mère n'avait rien dit, j'ai couru partout, j'ai tout vu; je me suis bien amusé dans cette vieille maison.

— Tu ne connais pas une porte par laquelle nous pourrions sortir?

— Oh! si, tout à fait en bas. Il y en a une dans les caves du donjon, mais c'est une grosse porte en fer, avec des gros morceaux de fer bien plus gros que celui de la porte, je ne pourrai pas les tirer.

— Moi, je pourrai. Tu vas m'y conduire ; mais avant, sans faire de bruit, va chercher tes vêtements, je t'habillerai. Surtout, ne réveille pas la nurse.

— Oh! il n'y a pas de danger, elle dort trop fort. »

Bricout sortit sur le palier avec l'enfant, rentra dans la chambre la chaise que le petit Jean avait apportée, prit son chenet qui devait, au besoin, lui servir d'arme, poussa le verrou et, sans faire de bruit, descendit jusqu'à la porte de la nurserie. On entendait les ronflements de la domestique. Quelques minutes plus tard, l'enfant habillé conduisait son père jusqu'à la porte du sous-sol du donjon. En passant sur le palier qui conduisait au grand hall, ils entendirent des bruits confus de voix, mais la situation était trop périlleuse pour aller épier ce qui se passait. Il fallait d'abord s'assurer si la porte basse pouvait être ouverte. Dans le sous-sol, tout était resté allumé et l'examen de la fermeture en fut considérablement facilité. Hélas! en plus des verrous, il y avait une forte serrure fermée à clef, et la clef ne s'y trouvait pas. Aucun moyen de faire sauter la serrure ou de la dévisser, il n'y avait rien à faire. Bricout réfléchit un moment, puis il dit à l'enfant :

« Il va falloir sortir par le grand hall. Nous allons attendre que les gens qui y sont soient partis et nous sortirons par l'autre porte. »

L'enfant secoua la tête.

« L'autre jour, le vieux monsieur méchant a dit devant moi que, quand il partait du hall, le soir, il faisait descendre une grille et que personne ne pouvait sortir du donjon.

— Il va falloir risquer la bataille, dit Bricout. Bah! je suis armé et j'en ai vu d'autres. La brusquerie d'une attaque déconcerte souvent les Allemands et ils sont à terre avant d'avoir eu le temps de comprendre, mais je ne veux pas risquer la vie de cet enfant dans la bagarre. Il y aura des coups de revolver et une balle s'égare facilement. Ecoute, Jean, dit-il en se penchant vers l'enfant, tu vas m'attendre ici, tiens, sous l'escalier. Ne cherche pas à quitter cette place et, si tu entends du bruit, surtout ne bouge pas. Je reviendrai te chercher.

— Oui, papa. »

Bricout installa son fils le mieux possible et monta les premières marches, mais il s'arrêta net. Les bruits de voix se percevaient au-dessus de lui et il n'eut que le temps de se rejeter en arrière et rejoindre son fils dans l'espace ménagé sous l'escalier. Bricout entendit Trevensdale qui disait :

« Allez vous reposer, Frida, vous devez être un peu émue de votre expédition et du danger auquel vous avez échappé, grâce à votre sang-froid. Il est probable que l'aubergiste et son aide ne se rappelleront ni demain ni jamais le fantôme vert que l'un d'entre eux a vu. »

Le policier sentit son cœur battre. C'était donc Frida, le fantôme vert, si fatal aux tenanciers du Cheval-Blanc, et son ami, son dévoué Porthos, qui l'avait accompagné dans sa périlleuse mission sous le nom de Smith, allait-il donc être victime de l'astuce criminelle de cette femme terrible?

La voix de Frida répondit au bonsoir de Trevensdale. Celui-ci grommela quelques paroles. Un son de ferraille qui tombe, puis, dans le sous-sol, la lumière s'éteignit brusquement.

« Oh! j'ai peur, papa, dit tout bas l'enfant, en se serrant contre son père.

— Ne crains rien, mon petit, » dit Bricout.

Celui-ci sentait que le danger devenait de plus en plus grand. La herse baissée lui interdisait le passage par le hall, la porte de fer était infranchissable. Comment fuir? Par quelle voie? Il songea alors au monte-charge. Peut-être pourrait-il le faire manœuvrer et descendre dans la grotte et profiter de la marée qui devait être assez basse pour fuir. Ces pensées se succédaient rapidement et, chez Bricout, de la pensée à l'action, il n'y avait pas d'intervalle. Il connaissait l'endroit où se trouvait l'ascenseur, mais, dans l'obscurité, la recherche en était scabreuse. De plus, il craignait de quitter son enfant qui s'accrochait à lui avec l'énergie de la peur. Malgré ces difficultés, il finit par découvrir le plateau du monte-charge et il cherchait en vain à le faire manœuvrer lorsque des cris de femme retentirent jusque dans le sous-sol :

« Jean! Où est Jean? »

C'était Frida, à la recherche de son fils qu'elle n'avait pas trouvé dans son lit.

« C'est grand'mère, dit l'enfant. Veux-tu que je l'appelle, elle va te faire sortir.

— Garde-t'en bien, tais-toi, mon petit

Jean, ou nous sommes perdus. Le vieux monsieur méchant nous trouverait.

— Oh! tu es bien assez fort pour le tuer.

— S'il est tout seul, oui ; mais si les autres viennent ! »

Les cris se rapprochaient, la mère affolée appelait son fils dans l'escalier, puis tout le sous-sol s'illumina. Frida descendait et Bricout n'eut que le temps de se réfugier sous la voûte de l'escalier. A cet instant, Trevensdale, attiré par le bruit, cria à l'Allemande :

« Qu'avez-vous donc à appeler ainsi?

— Jean n'est plus dans sa chambre!

— Quel infernal enfant vous avez là, on voit bien que c'est un fils de Français! En tout cas, il ne peut être loin, tout est fermé. Tenez, je vous accompagne, et, cette fois, je vous affirme que je lui administre une bonne correction.

— Touchez donc à mon fils, Trevensdale! Je ne vous le conseille pas.

— Bon, dit l'Allemand troublé, on ne vous le mangera pas.

— N'est-ce pas qu'il est méchant? Il ne me mangera pas parce que grand'mère me défend, mais ce doit être un ogre. »

Bricout ne sourit pas à cette remarque, tant la situation lui paraissait grave. Pour s'échapper, il ne lui restait qu'une ressource : tuer l'Allemand et se faire de son fils, contre la mère, une arme défensive. Ces moyens lui répugnaient et il préférait se rendre en avertissant Frida du moyen de chantage qu'on voulait employer en torturant son fils. Déjà, il s'avançait hors de sa retraite, lorsque le petit Jean, doucement, lui dit :

« Oh ! miss Jennie! »

La jeune fille se trouvait, en effet, devant eux, et Bricout vit avec stupeur, derrière elle, la silhouette puissante de Porthos.

Mettant un doigt sur la bouche, miss Jennie montra à Bricout une porte ouverte. Le père portant son fils, Miss Jennie et Porthos fermant la marche, ils disparurent tous dans l'obscurité pendant que l'ouverture se fermait silencieusement.

CHAPITRE XV

OU LE FANTOME VERT APPARAIT EN CHAIR ET EN OS

Après le départ de Mac Pherson (alias Bricout), Smith (alias Porthos) avait vaqué aux différentes occupations qu'exigeait la bonne tenue de l'auberge. Bien que ce ne fût pas son métier, et justement parce que ce ne l'était pas, notre ami Porthos tenait à honneur de paraître un parfait aubergiste et la clientèle n'avait pas diminué, bien au contraire, depuis l'arrivée des deux policiers français.

Porthos n'avait pas laissé partir sans anxiété son chef et son ami. Il lui semblait qu'une catastrophe allait tomber sur eux et que cette aventure allait se terminer d'une façon tragique. Cependant, Mac Culloden était venu passer quelques heures avec son ami Smith pour le désennuyer et il lui racontait tous les méfaits que le fantôme vert avait sur la conscience. Toutes les histoires mystérieuses des Ecosses, toutes les légendes sombres et tragiques lui étaient connues et il ne cessait de les répéter à son patient mais inquiet auditeur.

« Vous allez me donner le cafard, Mac Culloden, avec vos femmes vertes qui enchantent et perdent les malheureux qui les voient. Sûr que cette nuit, je vais rêver que M. Mac Pherson est poursuivi par une sirène qui aura les cheveux verts et lui fera faire un dernier plongeon dans l'abîme éternel.

— La dame verte a toujours des cheveux blonds et pas des cheveux verts. On ne la voit guère dans l'eau et, comme Mac Pherson ne m'a emprunté que ma toute petite barque, il n'ira pas loin au large avec. C'est un bon matelot que Mac Pherson, et il sait que la mer, même sans sirène, est perfide et dangereuse. Dans quelques heures, il sera ici. Tranquillisez-vous, ami Smith, et dormez sur vos deux oreilles. »

L'ami Smith poussa un grognement peu convaincu, tandis que le pêcheur, après avoir avalé le reste de son grog, se levait et quittait l'auberge pour rejoindre son gîte.

Porthos inspecta soigneusement toute la maison, fit rentrer Disco, jugeant avec raison que la bonne bête lui serait plus utile à l'intérieur qu'au dehors. Il dîna, la tête du chien sur ses genoux. Le temps s'écoulait et, malgré son désir de rester éveillé, le sommeil le prenait et sa tête tombait en avant, le réveillant en sursaut. Puis, n'entendant toujours rien, dans le silence monotone et presque berceur de la campagne, Porthos, laissant entendre un ronflement sonore, s'endormit, le front appuyé sur la dure table de chêne. Il avait le sommeil profond, Porthos, et il ne remarqua pas l'agitation subite que, vers minuit, son chien manifesta, ses grondements sourds, ses abois étouffés d'abord, puis plus bruyants. Le chien lui gratta même vigoureusement les jambes, ce qui n'eut comme résultat que de le faire changer de position, mais un carillon strident, qui éclata subitement au-dessus de sa tête, eut plus de succès, et Porthos ouvrit un œil, puis deux, les referma, mais le bruit continuant, aussi intense, les lui fit ouvrir de nouveau et, cette fois, les brumes du sommeil firent place à une compréhension plus nette et le géant se leva brusquement.

« La sonnerie du contact! Il y a quelqu'un dans la chambre de Bricout. »

Tout à fait réveillé, Porthos fit taire le chien dont les abois bruyants auraient pu faire fuir le visiteur, arrêta la sonnerie et monta l'escalier rapidement, mais sans bruit, entra dans sa chambre. La porte qui donnait dans celle de son ami était entre-bâillée et laissait filtrer un rais lumineux. Gardant son sang-froid, assourdissant son pas, Porthos s'approcha, regarda et retint un cri de surprise. Une ombre portant une lampe circulait dans la pièce. Au moment où elle passa près de la fenêtre, Porthos distingua une forme féminine moulée dans un maillot vert, la figure masquée.

« Tiens, une souris d'hôtel, dit, gouailleur, le géant, mais ici, le maillot noir est remplacé par un vert. Mais c'est qu'elle est superbe, cette souris, avec sa chevelure blonde. »

LA « SOURIS VERTE » VERSA DANS LA CARAFE LE CONTENU D'UNE PETITE AMPOULE

La souris verte, comme l'appelait déjà Porthos, s'approcha d'une table où se trouvaient une carafe et un verre et versa dans l'eau le contenu d'une petite ampoule.

« Oh! oh! se dit Porthos, la souris verte se fait empoisonneuse. Je comprends maintenant les morts mystérieuses qui suivent les apparitions du fantôme vert de Mac Culloden, mais je crois bien, ma belle enfant, que tu en es pour ton dernier crime. »

Porthos s'élança sur la visiteuse inconnue, mais celle-ci se trouvait à l'extrémité de la pièce, devant la porte secrète béante. Elle vit le géant et, avec un sang-froid étonnant, braqua sur lui un petit revolver qu'elle tenait dans sa main gauche. Une petite explosion, une fumée intense, âcre et suffocante, et, au milieu de ce brouillard, Porthos vit disparaître celle qu'il voulait saisir et, avant qu'il eût pu faire un pas de plus, s'affaissa, inerte, sur le sol. Avant de perdre complètement connaissance, il entendit un rire sarcastique qui se perdait dans l'épaisseur du mur, puis il perdit la notion de toutes choses.

Combien de temps dura son engourdissement? Il n'eût pu le dire. Certainement longtemps. Il commença à remuer péniblement, puis eut une quinte de toux violente qui lui fit reprendre ses esprits. Il se rappela alors la femme verte disparaissant dans un nuage de fumée et se releva pour tâcher de la poursuivre, mais, dans l'obscurité, à tâtons, encore titubant sous l'effet des gaz asphyxiants qui l'avaient pour ainsi dire assommé, il comprit que sa mystérieuse ennemie lui avait échappé.

« Oh! la maudite! se dit Porthos. Bricout a bien raison, c'est elle qui nous fuit toujours entre les mains. Cette fois, nous allons connaître son secret, si les dispositions que Bricout a prises ont réussi. Tout d'abord, de la lumière! »

Porthos se dirigea vers la porte; son pied heurta un corps mou.

« Se serait-elle asphyxiée en même temps que moi? Ce serait drôle! Mais non, c'est ce pauvre Disco. Pourvu que la pauvre bête ne soit pas morte! »

Le chien avait été plus atteint que l'homme. Il était tout à fait inerte, et si ses flancs n'avaient été agités de mouvements spasmodiques, on l'aurait cru complètement intoxiqué. Avec précaution, comme il l'aurait fait pour un ami, son maître le prit dans ses bras et le transporta dans l'autre pièce, moins imprégnée de vapeurs nocives, et, après l'avoir déposé sur son lit, ouvrit la fenêtre pour chasser les dernières vapeurs, alluma sa lampe, frictionna son chien qui commença à se plaindre doucement. Voyant qu'il allait se remettre, Porthos le laissa et rentra dans l'autre chambre, encore tout embuée de gaz. Se bouchant le nez, il ouvrit la fenêtre et vint vers la porte secrète. Les précautions de Bricout avaient été efficaces : la porte ne s'était pas refermée et était restée entre-bâillée.

« Quel dommage, se dit Porthos, que Bricout ne soit pas resté! Nous n'aurions pas manqué la satanée femme et nous aurions exploré le souterrain tous les deux. Je n'ose pas m'éloigner, d'autant plus que s'il rentre, s'il boit l'eau de la carafe, il ferait comme notre prédécesseur, et il faut garder cette eau, c'est une preuve. C'est tout de même tentant de regarder ce qu'il y a derrière cette dalle tournante. »

C'était un véritable supplice de Tantale, et le digne géant ne put résister à son désir de pousser la pierre; le lourd panneau, qui se mouvait avec une facilité singulière, alla frapper avec un bruit sourd contre la muraille du souterrain. Tout près se trouvait la première marche d'un escalier en vis, si étroit que Porthos se demanda s'il pourrait passer. Il regardait, s'éclairant de sa lampe, lorsqu'il lui sembla entendre un bruit lointain. Il se recula, tira le panneau, porta sa lampe dans l'autre pièce et vint se mettre en embuscade à côté de l'ouverture.

« Si c'est la souris verte, je la prends au piège, et bien maligne si elle m'échappe. »

Une faible lueur se dessina sur la muraille blanche, en face de la porte secrète, et une exclamation étouffée marqua l'étonnement du visiteur de trouver entr'ouverte une issue qui, automatiquement, devait se refermer. Cette surprise dut exciter la méfiance de l'arrivant, car Porthos entendit tout bas chuchoter en français :

« Mon Dieu, pourvu que je n'arrive pas trop tard! »

Puis un corps souple bondit pour ainsi dire dans la chambre, mais fut brutalement arrêté par les bras puissants de l'athlète. Un cri d'étonnement et de terreur sortit de la gorge du prisonnier.

« Tiens, dit Porthos tout haut, madame, cette fois, s'est habillée comme tout le monde. Allons, résignez-vous, madame Frida, vous êtes prise et bien prise, et je ne vous laisserai pas le moyen de m'asphyxier avec vos engins diaboliques. »

Porthos, en effet, avait, en un tour de main, passé les menottes aux poignets délicats de sa prisonnière, car c'était bien une femme qui venait de s'introduire.

« Vous veniez, dit le géant, vous assurer si j'étais bien mort. Vous voyez le contraire; et, en attendant le retour de Mac Pherson, qui vous ménage une surprise, nous allons causer un peu.

— M. Mac Pherson n'est pas encore rentré? Dieu soit loué! J'arrive à temps.

— Vous arrivez à temps, grommela le bon Porthos, c'est plutôt moi qui suis arrivé à temps, madame Frida. Cela vous étonne que je sache votre nom, mais nous en savons bien d'autres, Mac Pherson et moi.

— Je ne suis pas Frida, dit la jeune femme, je ne viens pas ici en ennemie; je viens, au contraire, vous sauver. »

Porthos, pendant ce colloque, avait allumé sa lampe et éclairait la figure de la visiteuse.

« Miss Bruce! Ah bien, par exemple! C'est vous qui, tout à l'heure, m'avez à moitié asphyxié avec votre décharge de gaz, ce n'est pas possible!

— Ce n'est pas moi, monsieur Smith. Vous voyez que je sais votre nom... C'est la comtesse de Swedenborghen...

— La comtesse de Swe... et cœtera, dit Porthos, qui n'arrivait pas à prononcer ce nom, c'est tout simplement une nommée Frida Olzmann, espionne prussienne, et vous, miss Bruce, sa secrétaire, je vous tiens pour sa complice et je ne me laisserai pas prendre à des boniments.

— Par pitié, monsieur Smith, croyez-moi, je ne suis pas complice, au contraire, je suis venue vous prévenir que M. Mac Pherson et vous, vous courriez un grave danger.

— Allons donc! dit Porthos, qui voulut savoir si la jeune fille était ou non complice de l'empoisonneuse. Le danger est passé! J'ai échappé à l'asphyxie et je connais maintenant le secret de la porte.

— Le danger n'est pas là. Pour l'amour de Dieu, monsieur Smith, videz cette carafe, l'eau en est empoisonnée!

— C'est vrai, je l'ai vue verser quelque chose dans l'eau; mais comment savez-vous cela?

— Par pitié, videz d'abord cette eau, ensuite je vous dirai...

— Vider l'eau de la carafe, la preuve du crime? Jamais de la vie! Sur cette carafe et dans l'eau, il y a la preuve indéniable de la tentative d'empoisonnement et la signature de l'auteur. Mais comment savez-vous que la soi-disant comtesse voulait se débarrasser de nous?

— Sans qu'elle sache et s'en doute, j'ai surpris une conversation avec Mr. Trevensdale. Ils ont l'un et l'autre des soupçons sur vous deux et veulent depuis longtemps vous supprimer. Je vous ai déjà avertis du danger.

— Ah! c'est vous qui nous avez écrit... C'est gentil cela... Mais quel rôle jouez-vous donc? Vous avez l'air d'être une honnête fille et vous restez avec des brigands, des assassins. Vous comprendrez ma méfiance, Mac Pherson en a aussi, bien qu'il ait de la sympathie pour vous... peut-être parce qu'il vous a sauvé la vie. On a toujours de l'amitié pour la personne que l'on sauve... Cela devrait être le contraire, mais enfin, c'est comme cela...

— Monsieur Smith, dit miss Jennie, je vous en supplie, croyez-moi, détachez-moi et laissez-moi partir. Il y a, au donjon, une autre personne en péril de mort. Je voudrais essayer de le sauver... C'est un Français.

— Un Français? dit Porthos en se redressant, et en péril de mort! Allons le sauver tout de suite, je vous accompagne.

— Non, laissez-moi aller seule.

— Pourquoi donc? dit Porthos qui, déjà, débarrassait la jeune femme de ses liens, je ne pourrai que vous être utile.

— Si vous partez, que Mr. Mac Pherson revienne, il peut boire l'eau empoisonnée, et alors...

— C'est vrai, dit Porthos, je vais mettre la carafe sous clé. Mais comment savez-vous que c'est un Français?

— J'ai entendu son interrogatoire. Il a même dit qu'il était descendu ici.

— Il a dit qu'il était venu dans cette auberge? Personne n'y est venu depuis plusieurs jours.

— Il l'a cependant affirmé.

— Vous l'avez vu, ce Français? dit Porthos, dont l'intérêt s'angoissait d'un doute.

— Mal, mais j'ai entendu un des serviteurs de Trevensdale l'accuser de s'appeler, non pas Beaumont, mais Bricout.

— Bricout! Bricout est pris par ces bandits ! Ah ! miss Bruce, miss Bruce ! Bricout, mais c'est mon ami, mon chef, mon patron! Allons vite le délivrer, et malheur à ces Boches s'ils osent lever la main sur lui! Et Frida Olzmann le sait?

— Non, car ce Bricout est, à ce qu'il paraît, son mari. Elle l'aime et Trevensdale lui laisse ignorer qu'il tient cet homme en sa puissance.

— Mais, encore une fois, comment savez-vous tout cela, miss Bruce ? dit Porthos, repris d'un soupçon. Etes-vous avec nous contre Trevensdale ou contre nous, avec cet homme et Frida Olzmann? Avant de vous délier et de me jeter avec vous tête baissée peut-être dans un traquenard, expliquez-vous.

— Il me semble que je vous ai prouvé que je n'étais pas contre vous, puisque je viens vous sauver la vie, mais je porte un masque et je l'enlève pour vous montrer que vous pouvez vous fier à moi. La circonstance est trop grave pour que je ne livre pas mon secret, la vie de deux hommes en dépend peut-être. Je ne suis pas Anglaise. Je suis Française et je m'appelle, de mon vrai nom, Jeanne de Kervellez. Mon père, commandant aviateur pendant la guerre, est mort fusillé par les Allemands par suite de la trahison de cette Frida. Ma mère est morte de chagrin et je suis restée seule à seize ans, n'ayant dans la tête qu'une seule idée, venger mes parents, retrouver cette femme abominable. Je l'ai cherchée longtemps. Enfin, l'année dernière, par hasard, j'ai lu son nom dans un journal et, grâce à des amis influents, j'ai pu obtenir quelques renseignements, être placée sous un faux nom près de la comtesse de Swedenborghen, qu'au ministère des Affaires étrangères on soupçonnait fortement d'avoir des accointances avec le service de l'espionnage allemand. Sans m'en douter, je suis restée de longs mois aux côtés de l'assassin de mes parents. C'est aujourd'hui le jour de ma vengeance, aidez-moi, vous servirez aussi l'Angleterre! »

Porthos regardait la jeune Française. Ses yeux ordinairement si doux avaient pris une expression de dureté et d'énergie insoupçonnée.

« Ah! l'Angleterre! s'écria Porthos en français, elle pourra bien se débrouiller toute seule de sa crasse. C'est notre pays à tous deux, mademoiselle Jeanne, que nous servirons en le débarrassant d'une ennemie féroce et dangereuse. Je suis Français comme vous, et Mac Pherson n'est autre que ce Français Bricout qui a été surpris par ce Trevensdale qui n'est qu'un Boche déguisé, comme tous ceux qui l'entourent. Je vous suis, et pardonnez-moi de vous avoir si mal reçue. »

Porthos avait débarrassé la jeune fille de ses liens et se préparait à la suivre. Jeanne de Kervellez l'arrêta.

« Vous n'avez pas d'arme? » lui dit elle.

Porthos lui montra ses deux poings formidables.

« Qu'une seule de ces mauviettes de têtes de mort reçoive un coup sous la mandibule, il sera incapable de parler pendant plusieurs semaines; sur la tête pendant l'éternité.

— Cela ne fait rien, ces gens sont armés et votre force ne pourra rien contre une balle tirée à dix mètres. Prenez votre revolver.

— Et vous, mademoiselle?

— Oh! moi, je suis toujours armée. » Elle sortit un petit revolver d'une poche de sa jupe.

Porthos, suivant Jeanne, s'engagea dans l'escalier dont il remplissait la cage de sa puissante stature. Il se pressait, ne donnant même pas un coup d'œil aux dispositions savantes du monte-charge et des wagonnets qui servaient à transporter la sinistre contrebande de Trevensdale. Tout à coup, une idée lui vint :

« Vous savez, mademoiselle, où ils ont enfermé mon ami Bricout?

— Oui, mais pour le délivrer, il nous faudra de la patience et de la ruse, plus que de la force. Que je puisse le faire entrer dans ma chambre et il sera sauvé; autrement, il faudra livrer bataille. »

Porthos se tut et, quelques minutes après, la jeune fille ouvrait l'ouverture du souterrain qui donnait dans le sous-sol du donjon. Nous avons vu plus haut à quel point son arrivée avait été providentielle pour permettre à Bricout et à son fils de se dérober aux recherches de la mère, affolée de la disparition de son fils.

CHAPITRE XVI

LA DERNIERE APPARITION DU FANTOME VERT

Au moment où Bricout et son fils s'étaient réfugiés dans le souterrain, Frida arrivait dans le sous-sol et le parcourait en tous sens. Elle s'était même arrêtée devant la porte secrète, mais comment supposer que l'enfant ait pu s'esquiver par là?

« Encore un tour de votre satané enfant, Frida, dit Trevensdale, qui s'était décidé à descendre. Il faudra l'élever plus sévèrement et vous résoudre, par des corrections, à mater cet esprit en ébullition. »

Trevensdale se tut. Le regard noir que lui jeta Frida le fit reculer. Trevensdale était têtu, persévérant, mais il n'était pas courageux et il avait toujours été dominé par l'espionne dont l'intelligence, l'énergie et le courage étaient appréciés en haut lieu.

« Au lieu de me donner des leçons d'éducation, Trevensdale, aidez-moi plutôt à retrouver cet enfant, il ne peut être loin.

— C'est justement parce qu'il ne peut être loin et que c'est une farce qu'il nous joue, Frida, que je voulais vous montrer...

— Qu'est ceci? » l'interrompit encore Frida.

Elle venait de trouver un mouchoir au bas de l'escalier.

« Un mouchoir, dit Trevensdale, et avec des initiales J. B. A qui peut-il appartenir? J. B., cela m'inquiète, dit-il, comme pris d'un soupçon. En tout cas, Frida, remontez. L'enfant n'est certainement pas dans le sous-sol. Moi, j'ai à causer au comte Ulrich. »

Frida et Trevensdale remontèrent l'escalier et, pendant que le châtelain allait à la recherche du pseudo-valet, Frida entrait dans la chambre où Peguy ronflait toujours. Frida réveilla la nurse qui balbutia quelques paroles entrecoupées, mais finit par se réveiller complètement. Elle regarda avec ahurissement la personne qui la secouait, elle ne la connaissait pas ; elle n'avait jamais eu affaire qu'à la comtesse de Swedenborghen, et c'était une toute jeune femme qui se penchait sur elle.

« Où est Jean, Peguy? dit courroucée, Frida, qui ne se rappelait plus qu'elle avait quitté son grimage de vieille femme.

— Mais qui êtes-vous donc? Madame, je ne vous connais pas.

— Je suis la mère du petit Jean, répondit avec sang-froid la jeune femme. Où est-il? Je croyais le trouver dans son lit, il n'y est pas.

— Comment, madame, je l'y ai mis moi-même, après l'avoir endormi.

— Regardez. »

La nurse n'en revenait pas.

« Madame, je l'ai déshabillé à neuf heures, il faisait encore jour. J'ai posé ses vêtements sur une chaise et il s'est endormi tout de suite. »

En disant cela, Peguy se retourna pour montrer les vêtements de l'enfant et resta bouche bée. Tout avait disparu, même la chaise.

Furieuse, Frida la secouait violemment.

« C'est ainsi que l'on peut compter sur vous? Déjà, l'enfant s'est sauvé, échappant à votre surveillance, et cela ne vous a pas servi de leçon!

— Mais, madame, je ne comprends pas: L'enfant dormait, je me suis déshabillée, couchée, et je me suis aussi endormie. J'avais fermé la porte, je ne sais comment cela a pu se faire. Et ses vêtements qui ne sont plus ici! »

Ne l'écoutant déjà plus, Frida sortit de la chambre, regarda dans la sienne. Rien! rien sur le palier. Elle frappa à la porte de miss Bruce. Pas de réponse ; elle devait dormir. Aucun bruit; la porte était fermée, et, du reste, si l'enfant était entré dans cette chambre, la jeune fille l'aurait reconduit dans son lit. Elle allait monter au-dessus, visiter les chambres et fouiller tout le donjon, quand Trevensdale arriva, accompagné du comte Ulrich von Drachen.

« Frida, dit Trevensdale, la chose est plus sérieuse que je ne pensais. Ce mouchoir n'appartient à personne ici. Quelqu'un s'est introduit dans le donjon et c'est lui qui a dû enlever votre fils pour s'en faire un otage. On a pénétré nos secrets.

— Mon fils, mon fils! Ah! malheur à celui qui me l'a enlevé. Misérable femme, dit Frida, perdant toute mesure, si je ne retrouve pas mon Jean, tout le sang de ton corps ne suffira pas à me payer!

— Mais, madame, dit la nurse, terrifiée, je ne suis pas coupable. Est-ce ma faute si cette maison est mal fermée et si on y laisse entrer des malfaiteurs?

— Voyons, calmez-vous, madame, dit le comte Ulrich qui, seul, gardait son sang-froid, Trevensdale ayant l'air complètement désemparé devant la menace d'un péril grave. Il me semble difficile que quelqu'un puisse s'être introduit ici. Mais, j'y songe, Trevensdale, J. B., ce sont les initiales de cet homme que nous avons surpris dans le lac et qui dit s'appeler Jules Beaumont. Il a dû le perdre quand on l'a conduit dans le hall pour être interrogé par vous. »

Dans toute autre circonstance, Frida aurait posé des questions sur cette capture qu'elle ignorait, mais elle ne vit qu'une chose, c'est qu'il était probable que son enfant n'avait pas été enlevé, puisqu'on trouvait le propriétaire de ce mouchoir.

« Et cet homme, où est-il? »

Ce fut Trevensdale qui répondit :

« En attendant le jour, nous l'avons enfermé en haut. Nous allons l'interroger; restez ici.

— Je vais avec vous, » dit Frida.

Trevensdale eut un geste d'impatience.

« Non, non, Frida, restez ici. Si j'ai besoin de vous, je vous appellerai.

— Mais..., dit la jeune femme, impatiente.

— Je l'exige », dit Trevensdale, impératif, montrant qu'il était, chez lui, le chef de l'espionne.

Frida s'inclina, mais, prise d'un soupçon de cette cachotterie extraordinaire envers elle, dépositaire des secrets d'Etat les plus importants, elle regarda s'éloigner les deux hommes, mais écouta de toutes ses forces auditives.

Trevensdale tira le verrou et les deux hommes entrèrent dans la chambre. Le silence était profond. Avant de faire de la lumière, ils écoutèrent. Aucun bruit pas même celui de la respiration que le bâillon devait gêner.

« Pourvu que ces idiots ne l'aient pas étranglé sous le prétexte de le bâillonner », dit tout haut Trevensdale.

Il tourna le commutateur. Personne ne se trouvait dans la pièce. Stupéfaits, les deux complices se regardèrent. Ils fouillèrent partout, examinant la fenêtre : elle était fermée et il n'avait pu se précipiter dans le vide.

« Vous êtes certain, Trevensdale, que le verrou était fermé?

— Certes, répondit le châtelain, j'ai eu du mal à le tirer. »

Ulrich regarda de tous côtés, vérifia la porte : aucune trace d'effraction. La chose devenait incompréhensible.

« Appelons Frida, dit Trevensdale, elle peut monter sans inconvénient puisque le prisonnier n'est plus là. »

Frida, mise au courant de cette évasion bizarre, ne trouva aucune explication. Tout à coup, ses yeux se portèrent sur une chaise qui se trouvait près de la porte.

« Mais c'est un siège de la chambre de mon petit Jean, c'est la petite chaise sur laquelle il s'assied pour écrire à sa table. Comment se trouve-t-elle ici ? »

Le moment de silence que cette remarque provoqua fut coupé par la voix d'Ulrich.

« Je commence à c o m p r e n d r e. L'homme qui était ici a été délivré par une tierce personne et, profitant du sommeil de Peguy, a enlevé l'enfant pour s'en faire un otage. L'enfant n'a rien dit, donc il connaît la personne, s'est laissé habiller probablement ici et est parti avec l'insouciance de l'enfance. Peguy est hors de cause, elle est trop bête et elle serait partie. La seule personne qui a pu faire cet enlèvement, c'est votre secrétaire, Frida ; je suis certain que nous allons trouver sa chambre vide.

— Ma secrétaire ? allons donc ! Elle est certainement chez elle. Sa porte est fermée à l'intérieur, je m'en suis aperçue tout à l'heure ; elle doit dormir.

— Eh bien, réveillez-la. »

Tous les appels restèrent sans réponse.

« Qu'est-ce que cela veut dire ? murmura Trevensdale.

— Enfonçons la porte, dit Ulrich, les verrous sont mis à l'intérieur. »

Le bois épais obligea les assaillants, pour aller plus vite, à placer un pétard à la dynamite; la détonation fit trembler les voûtes sonores de la vieille forteresse, mais l'ouverture était faite et les trois

« ALLONS, LE BEAU FANTOME VERT, VOUS VOILA PRIS, VOYONS VOTRE FIGURE. »

Allemands entrèrent dans la pièce. Elle était vide, le lit n'avait même pas été défait et tout était en ordre.

Méticuleusement, avec le soin d'un policier expert, Ulrich inspecta les murs de la chambre, mais il ne put rien découvrir.

« Le mystère est plus qu'inquiétant. C'est bon pour les Ecossais de croire aux fantômes qui passent à travers les murailles. Elle n'est pas sortie par la porte, elle n'a pu passer par la fenêtre. Elle a dû trouver un passage secret. Votre secrétaire, Frida, vous a trahie. C'est elle qui a délivré l'homme et qui a enlevé votre enfant. Celui-ci, la connaissant, est allé avec elle comme pour une partie de plaisir. »

Atterrée, Frida ne pouvait que se rendre à ce raisonnement. Brusquement, une lueur se fit dans son esprit.

« Peut-être connaît-elle aussi le souterrain qui mène à l'auberge, et c'est par là qu'elle est sortie du donjon ? C'est dans le sous-sol que le mouchoir a été trouvé. Ah ! nous allons bien voir si on m'enlève mon enfant ainsi ! Votre revolver, Trevensdale, dit-elle au châtelain ; attendez-moi dans le hall, car je crois que vous n'aimez pas les bagarres. Comte, vous me suivez ?

— Avec plaisir, Frida, dit le hobereau dont le courage était évident, mais permettez-moi de passer devant. Tant pis pour ceux qui se dresseront devant moi.

— Tant pis pour miss Bruce, si c'est elle qui m'a enlevé mon fils, je ne lui ferai pas grâce.

— Ah, mais non, s'écria Trevensdale, celle-ci, ramenez-la-moi vivante. Je veux savoir par où elle est sortie et ce qu'elle a pu surprendre de mes secrets.

— On fera le possible pour cela, Trevensdale ; mais si, pour nous défendre, nous devons tout massacrer, cela sera beaucoup plus prudent. Nous nous retirerons par le couloir secret et, ni vu ni connu, la police cherchera et fera buisson creux. »

Quelques minutes plus tard, le junker et Frida arrivaient au bas de l'escalier qui menait à la porte secrète.

« Il faut aller avec prudence, dit Ulrich. Lorsque j'aurait fait jouer le ressort, je tirerai tout doucement la dalle et je regarderai s'il n'y a pas quelqu'un d'embusqué, puis nous entrerons sans bruit dans la première pièce qui est celle de l'aubergiste. Vous dites qu'il doit y avoir le corps inanimé de son aide Smith. Nous ferons attention. S'il y est, c'est que ni Mac Pherson, ni ceux que nous cherchons ne sont passés par là, et nous reviendrons sans plus chercher de ce côté. S'il n'y est pas, c'est qu'il a été enlevé par l'un ou par les autres, et, en ce cas, la bataille est proche. Vous êtes prête ? »

Frida fit un geste d'assentiment. Tous deux gravirent les marches raides ; arrivés sur l'étroit palier, ils éteignirent leurs lampes électriques et Frida pressa le déclic du ressort. Par le petit interstice de l'entre-bâillement de la porte, Ulrich n'aperçut aucune lumière, n'entendit aucun bruit, tout au moins rapproché, mais un bruissement métallique léger qu'il ne put exactement définir et qui cessa presqu'aussitôt.

Comme des ombres, s'aplatissant contre le mur, Ulrich, guidé par Frida qui connaissait mieux les aîtres que lui, s'approcha du lit de l'aubergiste. Il était vide et pas défait.

Comme dans un souffle, le comte demanda :

« Où croyez-vous que l'homme soit tombé ?

— Près de la porte de communication. »

A tâtons, le couple s'approcha, se penchant, pour ne pas tomber sur le corps, mais il était introuvable.

« Il a été enlevé, » dit Ulrich.

En se relevant, il se heurta à la porte de communication qui se trouvait à moitié ouverte, il allait la franchir, quand il s'écroula, assommé comme le bœuf sous la masse de l'abatteur. Un petit râle, puis ce fut tout. Inquiète, Frida, d'une voix étouffée, murmura tout bas en allemand :

« Ulrich, où êtes-vous ? »

Une voix chuchotée lui répondit :

« Donnez-moi la main, je vous guide. »

Sans méfiance, l'Allemande mit sa main dans une main qui la saisit brutalement.

« Pas si fort, Ulrich, vous me faites mal. »

Sarcastique, un gros rire lui répondit :

« Allons, le beau fantôme vert, vous voilà pris, voyons votre figure. »

La lumière se fit, c'était Porthos qui, averti par le signal, s'était mis en embuscade, avait, d'un coup de poing, assommé le comte qui gisait inanimé à ses pieds. A côté de lui se tenait Bricout.

Les yeux exorbités, sans songer à se servir du browning qu'elle tenait à la main, Frida regardait celui qui avait été son mari, qu'elle aimait toujours et qu'elle s'attendait si peu à revoir.

« Jean ! Oh, Jean, c'est toi ! »

Sans la regarder, Bricout dit à Porthos :

« Laisse-la libre, et mets ce corps sur le lit. »

Porthos lâcha la main de Frida et transporta le corps d'Ulrich sur le lit et le recouvrit d'un drap.

Frida regardait Bricout et, laissant tomber l'arme qu'elle tenait, joignit ses mains en suppliant :

« Jean, Jean, pourquoi n'as-tu pas répondu à mon dernier appel ?

— Frida, pensiez-vous donc que je me serais laissé prendre à une pareille comédie ?

— Ce n'était pas une comédie, je te le jure. De désespoir, je voulais me tuer, mais mon enfant, ton enfant, que serait-il devenu ?

— Si, aujourd'hui, Frida, je vous fais grâce, c'est votre enfant qui vous sauve, mais je ne veux pas le laisser entre les mains d'une empoisonneuse, d'une criminelle, et je veux l'élever en honnête homme. Je ne lui dirai pas que sa mère a trahi son mari, a voulu l'empoisonner. Est-ce vous qui avez versé dans cette carafe un poison qui ne pardonne pas ?

— Grâce, Jean, ne me prends pas mon fils. Jean, mon petit Jean, mon seul but dans la vie, c'est toi qui me l'as enlevé ? Il est ici ?

— Oui, il est ici et c'est lui qui m'a délivré. Vous ne saviez pas, mère inconsciente, que cet enfant devait être, entre les mains de votre infâme complice, le moyen de me faire dire ce que je savais ; il voulait le martyriser sous mes yeux pour me faire parler ; vous vous faisiez complice de la torture de votre enfant !

— Oh, Jean, oh non, ne crois pas cela ! Oui, j'ai voulu empoisonner Mac Pherson, par ordre de Trevensdale, qui est mon chef, mais toi...

— Mac Pherson, c'était moi. »

Frida recula d'horreur, se couvrit les yeux de ses mains, lorsqu'une petite voix enfantine se mit à crier :

« Petite mère, petite mère ! »

S'échappant des mains de Jeanne de Kervellez qui le gardait en bas, le petit Jean avait grimpé vivement l'escalier et s'était jeté dans les bras de Frida...

« Oh, comme tu as un drôle de costume, petite mère! dit l'enfant en voyant Frida, revêtue d'un maillot vert, sous la mante qui la recouvrait. »

Jeanne de Kervellez arrivait, voulant rattraper le petit Jean.

« Miss Bruce ne voulait pas que je monte, mais je savais bien que c'était toi qui causait avec papa. Tu ne savais pas qu'il était revenu et tu ne sais pas, petite mère, que ce méchant vieux monsieur Trevensdale voulait le tuer ; je l'ai entendu, va ; alors, je suis allé lui ouvrir la porte et nous nous sommes sauvés avec miss Bruce. C'est drôle, tout de même, que tu sois arrivée cette nuit, grand'mère ne me l'avait pas dit. »

Eperdue, Frida tenait son fils serré contre elle.

« Voyez, Frida, reprit Bricout, d'une voix dont la douceur ne masquait pas la froideur, voyez cet enfant encore dupe de cette comédie dans laquelle il a failli jouer un rôle tragique, et vous voudriez que je laisse mon fils au milieu de ces périls et de ces exemples ! Je vous en prie, embrassez votre enfant, retirez-vous, je vous en donnerai des nouvelles. »

Frida se redressa, l'œil étincelant de fureur, presque de haine :

« Tu voudrais que j'abandonnasse mon enfant, la chair de ma chair, mon seul but, mon seul espoir, ma seule raison de vivre, puisque, toi aussi, tu me détestes ? »

Le petit Jean, effrayé de la colère de sa mère, se jeta dans les bras de son père.

« Papa, papa, dis, tu ne détestes pas maman ? moi, je vous aime tous les deux; je t'ai retrouvé, mais je ne veux pas que maman s'en aille. Les papas et les mamans vivent toujours ensemble avec leurs enfants. Quand j'étais au bord de la mer, je jouais avec des petits garçons, leurs papas et leurs mamans venaient les chercher ; moi, j'étais toujours tout seul et, quelquefois, je pleurais parce que c'était Pegùy qui m'emmenait. »

Les yeux pleins de larmes, l'enfant suppliait.

Bricout regardait Frida qui pleurait. Jeanne, qui était arrivée le cœur plein de haine contre cette femme, cause de la mort de ses parents, avait les yeux tout embués.

« Frida, dit Bricout, je ne peux vous pardonner vos crimes, mais cet enfant ne vous sera pas complètement enlevé, vous le reverrez. »

Frida ressaisit le petit Jean et l'embrassa avec emportement.

« Qu'il soit fait selon ta volonté, Jean, mais je pourrai le revoir?

— Maman, j'ai soif, dit plaintivement le petit Jean qui croyait que son père et sa mère, plus calmes, se réconciliaient.

— Oui, mon chéri, attends un peu. »

L'enfant se tut, Jeanne s'avança.

« Madame, lui dit-elle, je vous hais ; par une de vos trahisons, vous êtes la cause de la mort de mon père et de celle de ma mère, morte de chagrin. Je ne vous pardonne pas, mais je laisse à Dieu le soin de vous punir. »

De ses yeux un peu égarés, Frida regardait la jeune fille. Elle la vit s'éloigner sans faire un geste... puis haussa les épaules en murmurant :

« Je servais mon pays.

— On ne sert pas son pays par des moyens déshonorants et criminels, Frida, mais Dieu nous jugera. Nous nous voyons aujourd'hui pour la dernière fois. Retournez près de Trevensdale. Dites-lui que sa contrebande est démasquée et qu'il ne pourra plus continuer son honteux commerce... Mais, mon petit Jean... qu'as-tu donc ?

— Je ne sais pas, papa, j'ai... »

L'enfant se tut, sa tête blême retomba sur le bras de son père et sa main laissa échapper un verre qui se brisa avec fracas sur le sol.

« Oh, s'écria Porthos, il a bu l'eau de la carafe. »

Frida poussa un cri épouvantable :

« Mon enfant! Mon Jean! Ce n'est pas possible ! Mais il est mort ! Oh, un médecin ! Quelle horrible chose ! Oh, Dieu cruel, c'est ta punition. Moi, c'est moi qui l'ai tué ! J'ai tué mon petit Jean; mais non, il va revenir à lui ! Tu vas me sourire, ce n'est pas pour toujours que tu vas rester les yeux fermés. Ces yeux si beaux, si doux, si intelligents ! Oh Jean, toi, le père, mais sauve-le donc au lieu de le regarder sans rien faire, c'est ton fils, il est bien à toi, il te ressemble, fais quelque chose ; moi... »

Frida n'acheva pas, elle tomba à la renverse en poussant un grand cri.

Jeanne seule, dans ce désarroi, conserva sa présence d'esprit. L'enfant avait comme des spasmes, elle introduisit son doigt dans la gorge, pour provoquer un vomissement ; elle y arriva, et le petit être rendit de l'eau, mais ne reprit pas connaissance.

« Etendez-le, » dit la jeune fille.

L'enfant respirait faiblement. Le poison avait-il été rendu complètement ? Impossible de le savoir.

Frida, dont personne ne s'occupait, revint à elle; elle avait les yeux fixes et égarés ; elle s'approcha de l'enfant et lui dit :

« Dors, mon petit Jean, je vais te protéger contre les méchants. »

Puis elle disparut dans le couloir, non sans ramasser le revolver qui gisait par terre.

Déjà le jour commençait à poindre et tous, sans plus penser à Frida, regardaient l'enfant qui se débattait dans des convulsions terribles.

« Que faire? » se disait Bricout.

Jeanne pensa à un bain pour calmer cet état et allait chercher ce qu'il fallait, quand elle se heurta au comte Ulrich qui, titubant, se retenait aux chambranles de la porte.

Bricout le prit par le bras :

« Regardez, monsieur le comte Ulrich von Drachen, regardez. Cet innocent enfant meurt de vos procédés criminels, procédés allemands, dignes de vous et de votre race. Porthos, chasse cet homme comme il le mérite. »

Le comte voulut se redresser et répondre, mais Porthos ne lui en laissa pas le temps; il le prit par le collet, le poussa jusqu'au palier et lui fit descendre les marches un peu plus vite qu'il n'aurait fallu, en le poussant d'un grand coup de pied. On entendit un grognement de douleur, puis le silence se fit.

Cependant Frida, d'un pas d'automate, son revolver à la main, arriva dans le hall où l'attendait Trevensdale. Il était en grande conversation avec George Oldmen. Quand il vit la jeune femme, il se leva et s'avança de son côté.

« Eh bien ? » dit-il.

Frida se mit à rire.

« Eh bien, mon petit Jean est mort ! Il est mort !

— Mais elle est folle, s'écria Trevensdale.

— Non, Trevensdale, je ne suis pas folle, et tu vas mourir. En exécutant tes ordres, je suis devenue criminelle, j'ai perdu l'amour et l'estime de mon mari et j'ai empoisonné mon fils, et cela, pour qui? Pour toi, pour ton exécrable empereur, pour l'Allemagne. J'ai tout perdu : amour, honneur, mari, enfant, toute joie de vivre, toute espérance d'être aimée, de voir mon fils grandir, car, par ta faute, il est mort! Trevensdale, tu vas mourir et, avec toi, ton œuvre maudite! »

George Oldmen voulut s'interposer, mais un coup de feu retentit et Trevensdale, le front troué, s'abattait la face contre terre; le lieutenant voulut désarmer la folle, mais il fut blessé grièvement, tandis que le comte Ulrich, encore étourdi de sa chute, s'effaçait, laissant Frida passer.

Celle-ci monta sur le faîte du donjon. Le soleil illuminait le sommet des montagnes d'Ecosse; les bateaux pêcheurs rentraient à Eribol et Mac Culloden put apercevoir une forme verte s'élancer du haut de la vieille tour et disparaître dans les flots.

Le fantôme vert avait fait sa dernière apparition.

EPILOGUE

Cependant, le petit Jean n'était pas mort. Le poison n'avait pas eu le temps de produire tout son effet, mais il fallut de longs jours à Jeanne de Kervellez pour ramener à la santé l'enfant de sa mortelle ennemie. Jeanne s'était attachée à ce petit être qui ne devait garder de sa mère qu'un souvenir très confus. Bricout, laissant sa sympathie se changer en amour, l'avoua à Jeanne qui ne le repoussa pas, et le petit Jean retrouva une seconde mère dans Jeanne de Kervellez, devenue Mme Bricout.

Quant à Porthos, il ne faut plus lui parler de l'Ecosse et de donjons, il en a gardé un trop mauvais souvenir. Il ne veut plus quitter la France, d'autant plus que son ami Bricout lui a demandé de rester auprès de ceux qu'il a su si bien défendre et sauver, et il s'est attaché au petit Jean dont il prétend faire un fier luron et un bon Français.

TABLE DES MATIÈRES

Imprimerie du Palais, 20, rue Geoffroy-l'Asnier, Paris.

BIBLIOTHÈQUE VERTE

About (E.) : *Le Roi des Montagnes.*

Agraives (J. d') : *Le Maître du Simoun.*
— *La Cité des Sables.*

Armagnac (Mlle d') : *Un Drame à la Cour d'Orthez.*

Assollant (A.) : *Pendragon.*

Balzac : *Eugénie Grandet.*

Claretie (J.) : *Récits héroïques.*

Conan Doyle : *La Bande mouchetée.*

Crévelier (J.) : *Le Mouchoir du Capitaine Villeneuve.*
— *Les Trois Fiancées de Nicolas.*

Daudet (A.) : *Contes choisis.*

Des Gachons (J.) : *L'Ile au poison.*

Dumas (A.) : *Le Capitaine Pamphile.*

Erckmann-Chatrian : *Contes choisis.*
— *Madame Thérèse.*
— *L'Ami Fritz.*

Girardin (J.) : *La Disparition du Grand Krause.*
— *Nous autres.*

Labiche (E.) : *La Cagnotte.* — *La Grammaire.* — *L'Affaire de la rue de Lourcine.*

Laurie (A.) : *Le Capitaine Trafalgar.*

Lorédan-Larchey : *Les Cahiers du Capitaine Coignet.*

Maël (P.) : *Le Trésor de Madeleine.*
— *La Marmotte.*
— *Un Mousse de Surcouf.*

Mayne-Reid : *Les Robinsons de Terre ferme.*

Mérimée (P.) : *Les faux Démétrius.*

Nahuque (J. de) : *Sur la terre d'Afrique.*

Pastre (G.) : *La Ville aérienne.*

Scott (Walter) : *Ivanhoé.*

Sevestre (N.) : *Boule de Neige.*

Stahl (P.-J.) : *Histoire d'un Ane et de deux Jeunes Filles.*
— *Les quatre Filles du Dr Marsch.*
— *Maroussia.*

Stevenson : *L'Ile au Trésor.*

Thébault : *Les Robinsons de la Somme.*

Toudouze (G.) : *Reine en Sabots.*
— *Le Mystère de la Chauve-Souris.*
— *La Sorcière du Vésuve.*

Verne (J.) : *Un Drame en Livonie.*
— *Voyage au Centre de la Terre.*
— *La Chasse au Météore.*
— *Le Chancellor.* — *Martin Paz.*

Vincent (Paul) : *Les Suites d'un Pari.*

Webster (J.) : *Papa Faucheux.*

Wiggin (K.-D.) : *Les Locataires de la Maison jaune.*

BIBLIOTHÈQUE DE LA JEUNESSE

Achaume (A.) et **Dubois** (M.) : *Jean-Paul Choppart.*

Agraives (Jean d') : *Le Petit Robinson.*

Allorge : *Ciel contre Terre.*

Assollant (A.) : *Montluc-le-Rouge.*

Bombonnel : *Bombonnel, le Tueur de Panthères.*

Borius (Julie) : *La Petite Cosaque.*
— *L'Héritier du cousin Baldinven.*

Cahun : *La Bannière bleue.*
— *Aventures du Capitaine Magon.*

Chabrier-Rieder (Mme) : *Fils de Veuve.*

Chatellus (A. de) : *La Sœur de Gribouille.*

Chéron de la Bruyère : *Nora.*

Cim (A.) : *Amis d'enfance.*

Colomb (Mme) : *Jean l'Innocent.*

Fleuriot (Z.) : *Grandcœur.*
— *Le elan des têtes chaudes.*
— *Monsieur Nostradamus.*

Genestoux (Magdeleine du) : *Jean-Louis-le-Têtu.*
— *Le Trésor de M. Toupie.*
— *Les Millions de Philippe.*
— *Une folle Équipée.*

Géniaux (Ch.) : *Un Corsaire de Treize ans.*

Girardin (J.) : *Le Capitaine Bassinoire.*

Gorsse (H. de) : *Cinq Semaines en Aéroplane.*

Gorsse (H. de) et **Guitet-Vauquelin** (P.) : *Le petit héros du Bled.*

Jacquin (J.) et **Fabre** (A.) : *Les Petits Naufragés du* Titanic.
— *Le Chien de Serloc Kolmès.*

Jeanne (H.) : *Maman bleue.*

Jeanroy (Th.) : *L'Enfant des Fées.*

Laumann et **Bigot** : *L'Étrange Matière.*

Laumann et **Lanos** : *L'Aéro-Bagne 32.*

Le Mouël : *Dibidoub l'Ambitieux.*
— *Une Pension en Aérobus.*

Mac Adam : *L'Enfant de l'île enchantée.*

Maël (Pierre) : *Le Forban noir.*
— *La Fille de l'Aiguilleur.*

Malot (Hector) : *Romain Kalbris.*

Mariel (P.) : *Le Filleul de l'Éléphant.*

Mouton (E.) : *Vie et Aventures de Marius Cougourdon.*

Nahmias (R.) : *Roman d'un Perroquet.*

Nanteuil (Mme de) : *Capitaine.*

Pitray (Paul de) : *L'Auberge de l'Ange-Gardien*, pièce.

Renaud (J.-Joseph) : *Un mystérieux Message.*

Sevestre (N.) : *La Main rouge.*
— *Tour du Monde en Quatorze Jours.*
— *Trois jeunes aviateurs au Pôle Nord.*

Toudouze (G.) : *Le Petit Roi d'Ys.*
— *La Fille du Proscrit.*
— *Pierrette la Téméraire.*

Urgel (Ivan d') : *Le Caillou rouge.*

Valdor (P.) : *Cœur vaillant.*

Vernou (P.) : *Les Pirates de l'Air.*
— *Aventures de deux Scouts alsaciens.*

Vincent (P.) : *Toujours à l'Affût.*
— *Le Fantôme vert.*

Vix (Pierre) : *Le Secret de la Mine.*

IMP. HENRY MAILLET, PARIS.

www.ingramcontent.com/pod-product-compliance
Ingram Content Group UK Ltd.
Pitfield, Milton Keynes, MK11 3LW, UK
UKHW022117260726
13993UKWH00003B/1072

9 782329 20696